我真情又率性地生活到我肉體生命結束的那日，

然後我將永遠的活著。

范毅舜 著
Nicholas Fan

海岸山脈的瑞士人

【各界好評推薦】（依姓名筆劃順序排列）

字裡行間飽滿著深情，敘述描繪出神父們美好生命的奉獻，令人動容不已。

——林正盛（知名導演）

乍讀下，覺得作者筆觸冷靜，甚至屢屢露出疏遠距離外的輕笑，然而細細看下去，底層濃厚也真摯的情感，就源源流滾出來，既傷感也觸動人心。是相當誠懇也動人的書寫。雖是描述自己孺慕般、與一群奉獻自我的外籍神父們的忘年交，同時鋪露出自己在成長過程裡，如何面對信仰與個人性向的心路歷程，樸素書寫的風格，閃現自我面對生命的誠實與勇氣。書寫時極力壓抑、不願輕易顯露的情緒，反而流露出讓人更為難忘的深刻感動，是那種在心靈與心靈交會時，相互施放與接受的溫暖。

——阮慶岳（作家、元智大學藝術創意系系主任兼藝術管理所所長）

這群瑞士人，是一群傳教士，他們許多人是很年輕時就到台灣，一生都落腳在當時相當貧瘠的海岸山脈，和真正的台灣人（原住民）生活在一起，用他們的知識與奉獻，一點一滴做他們認為該做的事……我無法用語言、文字多說什麼，因為他們對台灣的愛，所有的語言、文字都嫌多餘。

——何飛鵬（城邦出版集團執行長）

展現你眼前的，將是一段獨特、深沉、勇敢而詩意的旅程。

——吳繼文（知名作家）

從海岸山脈到翼下之風，在每一則動容的天使故事中，瞥見了上帝的指印。——鄭栗兒（知名作家）

【推薦序二】

翼下之風　和風吹起

Blooming where God has Planted you，在神安置你的地方開花，一首英文短詩，日本的渡邊和子修女解讀為：在落地之處開花，並以笑臉迎人，讓週遭的人獲得幸福。現在我也以此來讚嘆這些來自遠方的瑞士人。

一九四九年，一群瑞士籍的白冷外方傳教會神職人員，被中共逐出東北，他們選擇來到台灣貧瘠偏僻的東海岸落地生根，在那落地開花結果。就像當年在白冷城誕生的嬰兒一般，他們追求謙遜簡單，放棄自己的習俗文化融入當地，說原住民語穿原住民服。他們半世紀為台東的付出，讓台東的原住民得到幸福，也讓我們學習到「幸福」的真義，喚起大家回歸本土，享受自然的單純之樂！

這群當年才三十出頭的年輕小夥子，如今若不是凋零，或已白髮龍鐘，幾位少數依然健在的人，縱使傳教事業今非昔比，卻沒有絲毫老態，精神奕奕的仍在做他們該做、能做的事。而那些逝去的人，大多長眠於此，被迎入祖墳，化入山林，活在人們的腦海裡，不斷的被傳述著……。

小五（范毅舜）用影像、用文字，細膩的敘述刻畫每一位修道人的音容、個性、特質、專長、喜好。更用他的生命去感受、去體會，寫（拍攝）出這本《海岸山脈的瑞士人》，是天使故事再現，讓福音傳佈人間。

二〇一三年的年初，小五帶著我及一群好友去台灣東海岸，參觀「海岸山脈的瑞士人」在此地建造的教堂學校，當然包括最夯的公東高工及教堂。拜訪幾位碩果僅存，還在白冷教會服務的神父、修士，及修道人在此長眠的墓園，也到台東馬蘭天主堂，參加魏主安神父主持的彌撒。魏神父今年已八十多高齡，每週還跑三、四趟原住民部落山區做彌撒。一封白冷會士的家書具體反映出他們奉獻的精神：

「……我們住的地方簡陋，更別提伙食了，為了控制預算，……吃不飽也穿不暖。但這兒的人很窮，很多人沒有鞋穿，相較之下，我們一些小小的犧牲刻苦，就顯得微不足道了。雖然如此，難免想著：如果偶爾能享用一塊家鄉的巧克力，搭配一杯香醇的咖啡，該是多麼美妙的事呀！但這個調皮的念頭，還不足以成為『距離』的對比啊！親愛的媽媽……」

當年才三十出頭的魏神父想念巧克力咖啡，更想念媽媽，但比不上他的天主對他的號召呼喚，他要為神奉獻為子民服務。

小五會拍照、能寫會說，更愛唱歌，在公東教堂小五為大家導覽，講錫質平神父的故事，唱起他最愛的「翼下之風」：

他所有的榮耀與動力，全來自能讓他展翅高飛的和風，
而那讓他翱翔天際的和風，就是那群光芒已被他獨佔，
總在他背後默默支持他的人們。

這本坦率、真誠、樸素的書寫，以及質樸風霜的修道人面容，觸動你我，感動萬千，是最深沉的心靈交會，值得你我一讀再讀！

二〇一四年八月二十日　於淡水

【推薦序二】

一段不該被遺忘的記憶

嚴長壽

認識小五（范毅舜）是從《海岸山脈的瑞士人》開始的。閱讀這本書之後，我深受書中故事感動，主動打電話邀約小五，與他做更深入的認識。而且我覺得這真的是一本很有意義的書，所以也主動買書送給周遭的朋友。

其實，《海岸山脈的瑞士人》剛出的時候（二〇〇八年初版），那時我的花東計畫正好開始，這本書幫助我真正瞭解花東，書中神父們的事蹟也撼動了我，變成我演講時常會引述的故事，就連書中那篇〈一封白冷會士的家書〉，也常常是我在演講時會默念出來的一段文字。

當時，這些白冷會的神父、修士們從遙遠的、世界的另一端，來到台灣最貧瘠、偏僻的台東，幫助在當時被大家所忽略的原住民。他們設醫院、學校、教堂，甚至將蘭嶼的孩子帶到本島受教育。有「蘭嶼之父」之稱的紀守常神父，一九七〇年過世至今，已四十多年，但依然受到當地人們的懷念，他們總是說「我們蘭嶼的第一位校長、老師、公務員，甚至警察，都是神父們培養出來的」。神父們用宗教安撫了原住民們的心靈，更以實質的力量，不管是教育、醫療，甚至是物資、改變了他們的生活與未來的命運。這是一段不該被遺忘的記憶。

我也去長濱拜訪了吳若石神父，他的腳底按摩現在已是世界聞名，但吳神父依然謙卑的待在偏遠的長濱教堂持續為教友們服務，做著他應該做的事情。不管是書中的故事，或是我看到的一切，都讓我重新體悟到宗教對社會的影響。

書中有一段故事也讓我印象深刻，老蘇（蘇雲望）神父在二次大戰前夕，要從法國馬賽港登船前往中國時，他的父親深情地對他說：「孩子，我們天堂見了！」對於一位父親來說，摯愛的孩子隻身到遙遠、危險的東方，並且為主奉獻，這種割捨需要多麼偉大的情操與胸襟，真的讓我感佩。

我每每到花東的教堂，看的不是硬體的教堂或設備，而是教堂背後的故事。例如位於公東高工內的美麗教堂，這座公東的教堂，麻雀雖小五臟俱全，是一座「清水模」建築，最特別的是它位於學生宿舍的最頂層。我看著這座教堂，只想著在當時匱乏的年代，四周都是稻田，神父們是如何以最原始的手工與人力施工，並以這樣偉大的建築獻給台東。

說到公東高工，不得不提到創辦人——錫質平神父，錫神父以有限的資源創辦了結合宗教及瑞士職工教育特色的公東高工，他一心只想著如何幫助這些偏鄉的孩子，期待他們習得一技之長，未來可以自力更生。為了給這些孩子最好的教育，他遠從歐洲聘請學有專精的年輕技工，將西方的優勢，如木工、機械等帶到公東高工。這些孩子也不負所望，到西部就業後果然大放異彩、功成名就。

物換星移，我現在努力在花東做的事情，正是跟隨著神父們當年的腳步，我與神父們的理念、動機與目的是一樣的，只是我用一種新的方式來詮釋。當初錫神父是希望孩子們可以離家創造機會，而我則是希望離鄉的遊子們可以回家製造機會。

台灣最近發生了一些駭人的事件，讓我對現在的年輕人有些憂心，現在的年輕人整天沉迷於網路的虛幻世界，這些孩子群聚在一起，沒有正向的力量、心靈的導師，很容易對現實世界產生不滿，甚至仇恨。我覺得《海岸山脈的瑞士人》就是相當好的正面教材，神父們的精神與故事，具有領航的力量，可以讓人們重新找回自我，目前台灣的社會正需要這樣的故事與力量。

再回頭說說小五，小五有一種藝術家的個性及非常敏銳的心靈，他不輕易妥協，對品質要求很高，我很欣賞這類型的人，這是一種典型的藝術家特質。他在書中很坦然的分享了個人與神父之間的情誼及非常私密的內心世界，坦白需要很大的勇氣，因為他的坦白與分享，間接鼓勵了更多的人勇於做真實的自己。我欣賞他的誠實與勇氣。

新版序

范毅舜

Nicholas Fan

我很訝異《海岸山脈的瑞士人》會改版。

二〇〇七年，當我接受彼時積木文化總編輯——蔣豐雯小姐邀約書寫這書，我還慎重地對她說：「在這腥羶媒體當道的時代，誰還會讀這種書？」尤其是卷二〈翼下之風〉，有太多不足為外人道的成長故事，讓我幾度想放棄。未料，在距初版六年後，這書未宣告絕版，反而要改版繼續發行，除了感恩，也讓長久被讀者詬病的字體太小問題，獲得改善。

藉著改版，我更替了些照片，也把原第九章故事拿掉，在第八章〈我的傳教士攝影專題〉增加了三張跨頁人像。這樣調整，期望能使新版的《海岸山脈的瑞士人》更完整飽滿。

《海岸山脈的瑞士人》對我的創作，尤其是出版生涯有很大的意義，我原先極為壓抑的隱私，藉著這書，獲得解放與成長。我曾在初版的自序中寫道：「誠實的做你自己，此外別無生命。」我更提到「誠實地了解自己、做自己，在這個多元價值充斥的社會裡越來越不容易，只有在這得獨自行走的小徑上，我才能在物換星移的時空版圖裡，真正看清那曾令我感動的人、事和它的價值。」當年，我以這信念書寫了本書卷一的三篇故事，多年後，更發表了延續這精神的《公東的教堂》。

卷二以〈翼下之風〉命名，是蔣小姐的想法，在她眼裡，若沒有作者的坦誠表白，卷一傳教士的故事除了沒有著力點，也會後繼無力。為此，她將八篇有關個人成長及與神父們互動的故事，以我很喜歡的西洋歌曲「翼下之風」（註）來命名，除了將卷一、卷二區隔，又巧妙連結。

有好友戲言，出了這書，我對前半生已做了交代，此後將一無罣礙。事實上，就在此書出版前夕，我因被媒體八卦，差點不想再創作，而想在僑居地找個穩定工作，安身立命。上帝自有安排！當我回望那段刻意切斷過往的日子，才發覺自己多麼愚蠢？原來：只要活著！我們就得隨時面對考驗，且為自己的信念受試煉。

我很慶幸，能堅持自己的價值觀，而卷一的瑞士神父修士們，從全盛時期的四十七位，到今日六位，平均年紀已八十歲的他們，至今仍不輕言退休的在東部服務著與他們有深厚情感的百姓。卷二所描述的施予仁神父今年已九十六高齡，除了身體不好，更被失憶症所苦；馬志鴻神父，轉眼也八十七歲卻仍堅守崗位。相較之下，我的考驗真是微不足道，在這些人面前，我仍是孩童，恰如「翼下之風」的歌詞：

我享受了所有榮耀，但你卻是那力量的來源。
你知不知道？你是我心目中的英雄、所願師法的對象，我能如蒼鷹般的在天空中翱翔，正因為
你是我雙翼下的和風。

人生不過數十寒暑，距這書初版，六個年頭過了，我曾在「前言」紀念我的母親，今年五月，家父卻在我離台前十日，無預警離世。

那天傍晚，我從台南上來，直接到醫院探視因腳腫被送進醫院檢查的父親，父親見到我非常高興，為擔心第二天會檢查出什麼無法醫治的棘手疾病，我心中暗禱，若高齡父親能這樣快樂的離去，何嘗不是福氣？

真是一語成讖，就在我與家人返家不久，醫院來電通報父親病危，當我們抵達病房時，他已像熟睡的小孩，平安離世，我不停撫摸父親受盡滄桑的臉，突然明白，他給了我一個美妙的生命，我卻從未向他道謝。

我感謝讀者大眾，讓這書有改版機會，更感謝書中曾被我描述的修道人，他們的奉獻故事是這書最大動力，最後，我要感謝爸爸，他生前給了我那麼大的自由，讓我能盡情追尋自己的人生，原來他也是我雙翼下的和風，只是我總視作理所當然，未曾真心感謝過他。

願這書能繼續發揮善美力量，不負父親和這群默不出聲的修道人所曾給予我的生命之愛。

【註】The Wind Beneath My Wings，一九八八年由美國歌手Bette Midler所演唱的歌曲。

目錄

前言

有能力思考的人，往往需要「信仰」，才能在瞬息萬變、充滿挑戰的世界裡立足。有人信仰金錢，以追尋財富為人生奮鬥的目標；有人信仰知識，為求知而廢寢忘食，樂在其中；有人篤信競爭為生存之道，凡事都要出類拔萃、出人頭地，就算爭到頭破血流也在所不惜；至於直教人死生相許的情愛，更讓浮世男女有如飛蛾撲火，奮不顧身，傷身、傷心又傷神。

我相信名利、情愛之於人生的價值，而無法以世俗標準衡量的內在信仰，才是讓人珍惜生命、積極生活下去的最大動力吧？我的信仰長期以來深受「宗教」所影響。

自小受洗為天主教徒的我，對於「宗教」，早已脫離天堂、地獄以及對來世探討問題的關心，反而是經過教義的洗禮、衍生出此刻與實在界相呼應的心靈面貌，它是我人生觀及待人處事最直接的投射。心靈狀態會隨著身心成長及環境變遷而調整，我對信仰的探索，將在有生之年，日以繼夜，永不止息。

我童年及青少年時期的宗教經驗，在深受呵護的單純環境中，顯得天真而有趣。童年聽自主日學的天主教教義，為愛幻想的我勾勒出豐富而有趣的世界觀，但離家到北部讀大學後，雖然努力自我調整，卻有長達十年的時光，心靈深處彷彿被一層陰影遮蔽，讓我無法與過去聯繫。為了給這停滯成長、令人窒息的信仰尋找出路，我展開了一段為期不短的心靈整合之旅，在充滿挑戰與未知的路上，陪伴我的，竟是幾位在台灣服務多年的天主教外籍神父。我並沒有像尋訪先知般刻意接近這些修道人，而是在適當時機，他們恰巧出現在身邊——我相信造物者自有安排，或者如中國人所說的「緣分」。

童年時期我對外籍傳教士的印象既天真又單純，他們像是天使的化身、基督的代言人，除了滿腹學問，更是值得學習的模範。待有機會與他們接觸時，我已經二十多歲了，我為他們在這充滿變數的社會裡如何堅持、貫徹自己的信念深感好奇，更仰望他們在這片土地上的獻身與奉獻，甚至如童年時的認知，我相信他們擁有「天國的祕密」，應該可以從他們身上找到安身立命的真理與答案。

我與這幾位神父的信仰之旅，就是在這種認知下開始的。

熟識後，我不再用「外籍傳教士」來稱呼他們。他們有的在台灣生活了大半輩子，比我更熟悉這片土地，更有大批外籍修道人故去後，長眠於斯，從此未再回歸故里。

我嘗試為這群外籍修道人拍照，預計出版一本專輯。隨著年歲增長，觀念改變，很慶幸這個專題沒有在十幾年前發表，然長久以來看過這批照片的朋友總會追問這本書的後續發展。在朋友們的鼓勵下，我幾度想花時間完成它，偏偏這份熱情總不會燃燒太久。我並不懷疑這些人、這些事對我的意義，但我懷疑它對外人的價值。

二〇〇七年春天，神父好友雷保德罹癌逝世，我在他病危前特地飛往德國探視，得知他過世的消息，為遣懷而寫了篇紀念文章傳送給幾位好友。朋友們對文章的反應超乎想像，他們不約而同地要求我發表，好與更多人分享。朋友們的讚辭，我淡淡地以「日行一善」看待。

當時的積木文化總編輯蔣豐雯小姐，為我每回返台無論如何總得擠出時間去拜訪神父而感到好奇，因此聊及傳教士攝影專題，蔣小姐為其中幾位修道人的胸懷感動，鼓勵我出版此書。

我將紀念德國神父的文章傳給蔣小姐，對她說：「這本書全然以個人觀點出發，我實在沒什麼把握。若妳為這篇與自身毫無關聯的文章感動，也許我們可以談談。」不可否認，我當時的態度其實有點推托。

蔣小姐對這篇文篇的回應出乎我意料的熱烈，她所感動的是字裡行間不經意流露的感情與誠摯友誼。我真沒想到在這個八卦成主流、價值觀混淆的社會裡，被我視為平凡而且理所當然的真情友誼，竟是許許多多人的嚮往。

二〇〇八年初，在美國接獲蔣小姐從台北打來的電話，討論這本以為約好卻被我置之腦後的書。在她的鼓勵下，我認真地著手進行這些故事，原先以描述台灣外籍修道人的生平事蹟為架構，寫著寫著，延伸成了我與他們互動，進而成長的經歷素描。

社會大眾對這些恪守獨身誓願的修道人，總有一種伴隨神祕而來的好奇。我實在不願再將他們描繪成偉大、超越人性的類型化人物，甚至為他們因不願辜負人們期待而故作堅強的談吐舉止感到難過。為此，讀者若想從我筆下的修道人身上獲得一個速成的、可奉為圭臬的人生指標或信仰準則，恐怕要失望了。當然我也懷疑：若他們告訴你「信耶穌得永生」，你會相信嗎？此外，在行樂主義的時代裡，又有多少人在乎「永生」的意義呢？

也許你會好奇，如此個人的經驗如何能引起共鳴？這也是我擔心的。

每個人成長歷程都有許多令人興奮或不足為外人道的故事，我是位藝術工作者，衷心希望這些個人經驗能如藝術般帶給人們不同的靈感與動力。我對書中收錄的攝影作品相當有信心，不論是不是我拍的，鏡頭中人物被歲月刻劃出的人生軌跡，不需要透過言語，就足以讓人感動。

沒有使命感負擔，驅使我下筆的最大動力，是因為我深愛這些修道人並蒙他們所愛，我更打心底敬愛他們從不求己益的獻身精神。其中有些人已不在人世，我不想讓自己陷在難過的情緒裡太久，然而就像思念我過世的母親般，我日夜都忘不了他們。

在《舊約聖經》裡，大衛王心愛的兒子病逝後，他反常地梳洗並大吃大喝。先前極力勸他保重身體的大臣不解，為什麼兒子生病時，他日夜誠心祈禱、食不下嚥，而今小孩剛斷氣，他就像換了個人似的？

「孩子病時，我禁食禱告，以為上帝會醫治他，但現在他死了，我豈能使他回返？我必往他那裡去，他卻不能再回到我這兒來。」大衛如此回答。

台灣這幾年的日子不好過，混淆的價值觀，看起來是多元化，事實上卻讓人無所適從。我認識的修道人所面臨的衝擊怕是比我更劇烈。多年前，我探問一位在本地傳教多年、深受人們尊敬的神父對「天國」的看法。

「我不知道。」一陣靜默後，他竟這樣回答。

當時我深受傷害。這一生都在對世人傳達基督信仰的修道人竟會給我這樣的答案！經過很多年後我才明白，對天國的看法會隨著人與環境不同而改變，它不該有標準答案。在那個夕陽如火的晚霞中，一個人能跨越文化、歷史、身分、年紀的距離，如此無懼地坦承自己的想法與感覺，竟是通往天國的第一步。這需要相當的勇氣。為此我更深信真誠的陪伴共行，是讓我們通往更美好境界的唯一路徑。我何其幸運？有他們在我出生成長的地方陪我成長；再經由他們，前往他們的故鄉，與他們的家人朋友建立深刻的情誼。

人生永遠向未知挑戰。我們無可推諉地只能在焦慮、恐懼或全然信任之間掙扎。信仰不是神蹟或神通的追求，更不是祈福或追求個人的平安、順遂，而是在逆境中仍願相信生命比我們偉大，一種全然信任的鍛鍊與加持。信任最底層的基石就是我們並不孤獨。

讓我與你分享一篇很棒的詩篇，這是取材於《聖經》第二十三篇的〈上主是我的牧者〉。每當夜深人靜，專注吟唱這首詩時，一股莫名的感動總會讓我熱淚盈眶。若有機會，我真想親自唱給你聽，我相信詩中的境界是心靈充盈至福的美麗體現。

上主是我的牧者，我實在一無所缺。
祂使我憩息在翠綠草地、又領我走近幽靜水畔，
祂使我精神振奮、體力恢復。

上主是我的牧者，我實在一無所缺。
為了光榮祂的名，領我踏上了正途，
縱然我要走過陰森幽谷，我也不怕凶險，
因為有祢與我同在，祢的牧杖使我心慰舒暢。

上主是我的牧者，我實在一無所缺。
在我敵人面前，祢為我擺設宴席。
在我的頭上覆油，使我的杯爵滿溢。

上主是我的牧者，我實在一無所缺。
在我一生歲月裡，祢的仁愛常與我相伴。
在我有生之年，我要常住在上主的殿裡。

一封白冷會士的家書

親愛的母親，

自拿波里上船後，穿過蘇彝士運河，陸續經過北非、印度孟買、雅加達、新加坡、香港，一個多月的日夜兼程後，我與其他會士弟兄終於抵達了台灣的東部。眼前這片美景只能用「歎為觀止」來形容啊！青翠的海岸山脈與瑞士的高山差不多，但美麗的太平洋卻是家鄉所沒有的。

天氣很悶熱，熱得讓人受不了，很多時候我都覺得自己快被烤焦了，而且這裡沒有會院，我們住的地方相當簡陋，更別提伙食了，為了控制預算，我們的長上讓我們真的是吃不飽也喝不好，完全無法與在瑞士時相比擬；不過，這裡的人很窮，很多人都沒有鞋穿，相較之下，我們小小的犧牲刻苦，就顯得微不足道了。

雖然如此，我難免想著：如果偶爾能享用一塊家鄉的巧克力，搭配一杯香醇的咖啡，該是多麼美妙的事！

然而這個調皮的念頭，還不足以成為「距離」的對比啊。親愛的媽媽，或許未來我們不是那麼容易見面了（對不起，想到這裡，我的眼睛又濕了起來），但我相信您為我所流的思念淚水，將是天主胸前最美麗的一串珍珠。

親愛的媽媽，感謝您的捨得，好讓您最親愛的孩子能到異國遠方為天主的子民服務，好天主定會賞報您的犧牲與奉獻。

我即將要開始學習這裡的語言與文化了，請為我祈禱，我可是一點把握也沒有。

想念爸爸與弟妹們，我將在每晚的夜禱中與你們重逢。

您遠方的孩子敬上　一九五四年六月九日

❶ 錫質平神父（Hilber Jakob, 1917-1985）1953年抵台東，1985年逝世，葬於台東縣達仁鄉南興村。

② 費道宏神父（Veil Patrick, 1901-1988）1956年抵台東，1986年退休於瑞士。

③ 布培信神父（Burke Alois, 1908-1988）1955年抵台東，1987年退休於瑞士。

❹ 紀守常神父（Giger Alfred, 1919-1970）1954年抵台東，1970年逝世，葬於台東縣東河鄉小馬天主堂墓園。

❺ 龔岱恩神父（Guntern Josef, 1915-1987）1954年抵台東，1987年逝世，葬於台東太麻里鄉金崙村。

⑥ 澎海曼神父（Brun Hermann, 1914-2010）1956年抵台東，1999年退休於瑞士。

⑦ 何致中神父（Herrmann Leo, 1901-1996）1956年抵台東，1990年退休於瑞士。

❽ 孔世舟神父（Bollhalder Konard, 1909-1963）1956年抵台東，1963年逝世，葬於彰化靜山墓園。

❾ 滿海德神父（Manhart Ernst, 1905-1991）1957年抵台東，1991年逝世，葬於台東縣東河鄉小馬天主堂墓園。

⑩ 吳博滿神父（Uebelmann Ernst, 1911-1999）1955年抵台東，1992年退休於瑞士。

⓫ 周維道神父（Notter Viktor, 1906-1992）1955年抵台東，1992年逝世，葬於台東縣東河鄉小馬天主堂墓園。

⓬ 池作基神父（Tschirky Meinrad, 1930-1992）1957年抵台東，1992年逝世，葬於台東縣東河鄉小馬天主堂墓園。

⑬ 姚秉彝神父（De Boer Jorrit, 1911-2002）1954年抵台東，1991年退休於瑞士。

⓮ 胡恩博神父（Hurni Otto, 1913-1969）1955年抵台，1969年逝世台東，葬於台東太麻里。

⑮ 韓其昌神父（Hensch August, 1901-1993）1956年抵台東，1986年退休於瑞士。

⑯ 白冷會總會長馬士杰神父（Bloechlinger Max, 1911-2004）。

早期白冷會會士合照

1958年5月18日，攝於瑞士白冷會總會長馬士杰神父（Bloechlinger Max）拜訪台東白冷會院。當年，這群正值盛年的瑞士人，將他們的黃金歲月獻給東部子民；如今照片中的會士均已凋零，有許多會士過世後長眠於此，化成海岸山脈的一部分，永無回歸故里。（人物數字黑底反白者表示其身後葬於台灣。）

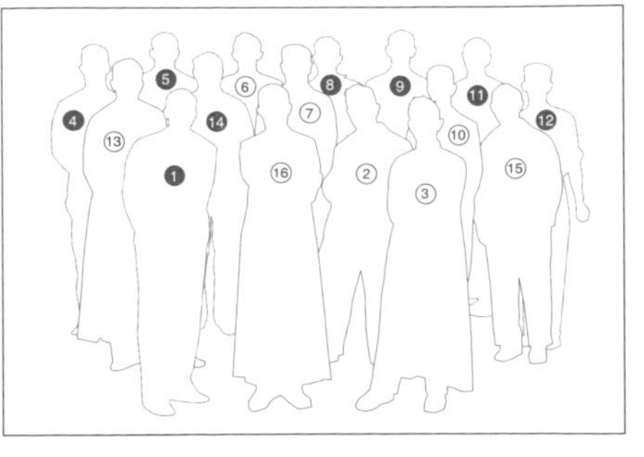

卷二

海岸山脈的瑞士人

（攝影／林志柔修士）

天邊來的異鄉人

不知是忘了或者根本沒有知覺到？就是不會有人告訴你，他們是來自歐洲的瑞士人，因為當地人早已視他們為自己的一份子，甚至有過世的會士被當地人奉進了自家的祖墳地，要晚生好好守著有如父執輩的神父墳塋，永誌不忘。

有這麼一群人，在二十世紀五〇年代，跨過半個地球，千里迢迢地從富裕的瑞士抵達貧瘠偏僻的台灣東部海岸山脈。他們當中有的正值壯年，有的只不過是二十歲出頭的小夥子。這群鼻子尖挺、金髮碧眼的「阿凸仔」為信仰獻身，在風光明媚的海岸線上建立了美麗的教堂、醫院、學校、智障中心。他們並非不想念瑞士的家鄉，可是只要你有機會遇見他們，他們會異口同聲地告訴你：「台灣是世界上最美麗的地方，而台東縱谷更是台灣最漂亮的所在。」

這群終身奉行神貧、貞節、服從的神職人員，在二十一世紀的今天，若不是凋零，就是生理年齡的龍鍾老人了。幾位少數依然健在的，縱使傳教事業今非昔比，卻沒有絲毫老態，精神奕奕地繼續做他們該做、能做的事。

至於逝去的，大多長眠於這片生前摯愛的土地上，化成海岸山脈的一部分，在風裡，在驚濤駭浪裡，更在當地人的腦海裡。認識他們的當地人，總愛對後人訴說種種軼事——他們的脾氣，他們的好，他們的歡笑與淚水。

不知是忘了或者根本沒有知覺到？就是不會有人告訴你，他們是來自歐洲的瑞士人，因為當地人早已視他們為自己的一份子，甚至有過世的會士被當地人奉進了自家的祖墳地，要晚生好好守著有如父執輩的神父墳塋，永誌不忘。

來自瑞士的白冷外方傳教會

我認識位於台東的白冷外方傳教修會是九〇年代初，它的全盛時期有將近五十位會士在此服務，而如今會士已大半凋零了。

創建於一九二一年的白冷外方傳教會，在古老的羅馬天主教會體系裡，算是個相當年輕的修會。一九二五年，這個只收瑞士籍的白冷會到中國東北齊齊哈爾開教，一九四九年國民政府遷台後，當年遭驅逐的神職人員陸續遷移到台東。白冷會為什麼會選擇在無論是交通或民生條件都相當落後的東部呢？除了花蓮主教當年的邀請，更因貧困地區更需要支援。於是幾個會士弟兄搭著瑞士的貨輪，就這麼千里迢迢地來到台東縣。

若以今日的眼光看來，上帝真的有祂自己的主意。當年還有哪個傳教修會比白冷外方傳教修會更適合來此工作？以基督誕生地「白冷城」（或譯伯利恆）為名的宗教團體，在他們的會憲裡所強調的精神，就像兩千年前誕生在白冷城外馬槽裡一無所有的小嬰兒，對於世俗人嚮往的物質，他們追求謙遜、簡單，就像成年的基督一樣，所有的會士更避免靠別人的權柄甚至自己的能力去追求權勢。

白冷外方傳教修會如此描述他們的工作精神：

孩童的精神：白冷會士以類似孩童完全信任的態度，幫助他們忍受巨大的困難和克服失敗。

單純的精神：專心追求福音，卻除自我煩惱的恐懼，更為他們帶來服事別人的自由。

貶抑的精神：讓白冷會士在投入別的文化、宗教及社會階級時，可以放棄自己的習慣。（這方面白冷外方傳教修會倒是奉行得相當徹底，從修院裡那些褪色的照片中，幾位穿著原住民傳統禮服做彌撒的白冷會士，簡直就是不折不扣的原住民長老模樣。）

永遠年輕的歐思定修士

和白冷會結緣，得歸功於在此擔任總務的歐思定修士（Bro. Buchel Augustin）。

我們的修士今年七十九歲，算是可以享受眾多福利的老年人階層了，但是所有認識歐修士的人

歐思定修士（Bro. Buchel Augustin, 1936-）

歐修士在台東生活了四十多年，他熟悉東海岸每個角落。因為曬得黝黑，而且國、台語都非常流利，經常讓人無法確定他究竟是不是「老外」？例如，歐修士在田野間與一位歐吉桑以台語交談，臨別前，歐吉桑不好意思地對他說：「你長得很像外國人呢！」歐修士淘氣地回答：「很多人這麼說呢！」這樣的例子不勝枚舉。從不向人傳道的歐修士是如此地熱愛自然與生活，除了照顧自己的花園，也會為朋友的庭園盡心盡力。朋友們需要種花種草，都會前來向他請益。他的朋友有一處位於群山之間的庭園，綿延半座山的樹木都栽自歐修士之手，景象宛如電影《魔戒》的翻版，我稱這為修士的「祕密花園」。我們的歐修士相信天堂裡的花園更漂亮，他將樂意在那裡當個小小的園丁。（攝於2011年）

（包括我在內），每回和他相處時完全遺忘了他的實際年紀，甚至有爬山活動時，大夥都要事先鍛鍊自己一番，免得到時成為這個「年輕人」的負擔。

六〇年代初來到台東的歐修士，在修會裡掌管會計大職。酷愛大自然的他幾乎爬遍了台灣百岳，基於對大自然的熱愛，修士強調環保，更創立了在台東相當著名的「向陽登山社」，這個有近四十年歷史的社團迄今仍經常舉辦活動。有意思的是，這個由修士帶頭建立的團體，成員中只有一位是天主教徒。我們的修士從來不會藉此機會向人傳教，但所有的人只要在路上看見他，都會親切地喊他「歐修士」，好像這就是他的名字一樣。

說來慚愧，身為土生土長的台灣人，我對台東海岸山脈的認識，完全來自這位瑞士人。嚴冬裡，歐修士會帶我找尋隱藏在山谷裡的野溪

溫泉；春天時，他知道何處可以賞梅；秋夜裡，他知道何處可以觀星；就連觀看台東飛機起降的地點，他都知道。此外，歐修士對花草植物更有特殊的愛好。台東市白冷會的會院裡，四季都有盛開的花朵，其中的蘭花更堪稱奇景。這些繁花盛草，讓白冷會成為一座小小的伊甸園。

我慫恿歐修士以「我的台東後花園」為題，創作一本書，保證它成為暢銷名著。修士總是搖搖頭，名利對他而言，是完全沒有意義的東西，每個白冷會士都是如此。

順著歐修士的分享，我逐漸勾勒出白冷會士早期在台東傳教的輪廓，那些過往雲煙經歐修士平淡的言詞，化為令人回味再三的傳奇經典，更重要的是：它讓人有機會領略到這些修道人看似卑微卻不平凡的一生。如今，白冷會仍有幾位依舊健在且被視為「人間瑰寶」的長者在此服務，就讓我從那些無緣親睹的老人家說起吧。

開路先鋒錫質平神父

錫質平神父（Fr. Hilber Jakob）是白冷會在東部海岸山脈的開教者，一九五三年，錫神父的長上應花蓮主教的支援請求，權且派遣這位能力超強的老兄自瑞士到台東來「瞧瞧」，評估此地情況後，再看是否要安排會士來台？沒想到正值壯年的錫神父一到台東，還未經瑞士長上許可，就單槍匹馬地在這裡大興土木，進行前所未有的傳教計畫。

白冷外方傳教會與台東近半世紀的深情交會，就從錫神父的到來開始。

歐修士的祕密花園

歐修士位於初鹿後山的祕密花園，這座突出於群山上的花園裡面所有的花草、樹木全為修士所栽種，酷愛大自然的他不知道在東海岸種植了多少樹木。

錫神父當年騎著重型機車，跑遍台東每一個角落。據一位女士回憶：幼年住在台東康樂農校宿舍時，每天下午總會看見這位大漢騎著機車經過門前，鮮少接觸外國人的孩子們，每回看見錫神父，總會高聲大喊：「神父好！」而神父則興高采烈地回答：「小朋友好！」然後猛按兩聲喇叭，逗得孩子們大樂方才呼嘯而去。就這麼一聲溫柔的「小朋友好」，在幾十年後，成為女士移居國外時無法磨滅的鄉愁。

從歐修士的描述中，我猜想自己會害怕與這位以嚴格紀律著稱的神父成為朋友。

修士對我說，早年東部的民生落後，為了節省開銷，以及更融入當地人的生活，身為會長的錫神父對會院的伙食相當苛刻，即使是不講究飲食的修道人都感到吃不消。

錫神父生前在台東完成了眾多不可能的任務，例如，在六、七〇年代，他創辦了以培養優良技工聞名的「公東高工」，其師資堪稱全省職工訓練學校之最，這些教師大半來自瑞士及歐洲學有專精的年輕技工。當年台東學子不需出國，就能從這些具有宗教情懷的傑出技工身上，習得足以謀生的一技之長。有位在家具業界非常傑出的企業家回憶：他們當年在公東高工就讀時，簡直怕極了錫神父，無論是做人處事或生活習慣，他都要管，而且嚴格得很。昔日學生而今已近花甲之年，卻都記得這位鐵漢的柔情，每晚錫神父巡房時，一定會注意這群寶貝學生是否把被子蓋好？若是被子踢到地上，神父一定二話不說，為他們蓋結實了，並確定每一位孩子都就寢後，他才會上床休息。某些小鬼頭就喜歡這樣的溫柔，老是故意把被子踢下地，閉著眼享受神父的照顧。

在那個普遍窮困的年代裡，錫神父幫助過不少繳不起學費而失學的孩子。當今某位成為輔理主

錫質平神父（Fr. Hilber Jakob, 1917-1985）

錫神父留世的照片不多，卻有霸氣十足的英姿。在各方面都近似鐵漢的他，卻有相當柔情的一面，他雖然嚴厲卻從不放棄任何一個人。某位受錫神父照管的朋友回憶，他在成長時期被所有人放棄時，錫神父乾脆把他抓在身邊，親自看顧。這位未受到父母疼愛的少年反而比常人得到更多人的愛。對許多人來說——尤其是受他幫忙的人——錫神父是位不倒的巨人。（白冷會提供）

教的修道人回憶：他小時候家貧繳不起學費，只好失學在家放牛割草，有一天錫神父騎著大摩托車在他面前停下來，問這位手拿鐮刀的孩子為什麼不去上學？待了解緣由後，錫神父對他說：「只要你想上學，其他的事，我來想辦法。」經濟面貌與昔日有天壤之別的今日，白冷會在東部究竟幫過多少失學的孩子？沒有人做過確切的統計。

一九八二年，錫神父在瑞士募款時被檢查出罹患腎臟癌，院方預估神父只剩六個月的生命。神父一心掛記東部，要求院方讓他「死也要死在自己的故鄉台東」，於是不顧醫生警告，再度回到台東。有位公東高工畢業、回母校任教的老師日後回憶：神父的癌症蔓延到骨頭，每天夜裡，都會聽到從神父房間傳來的哀號，既無助又痛徹心肺。

擔任錫神父的翻譯而與他成為忘年之交的徐先生告訴我，錫神父在聖母醫院的最後兩個星期，每天仍掛記著公東高工的學子，不時地叫學生到病床邊，一一問候鼓勵。某天，徐先生突然接獲神父的電話，希望能到他家吃頓最愛的餃子。每天給神父送補品的徐先生，於是將神父接回家用餐，回到醫院時，錫神父問老朋友是否還有時間？他想坐著輪椅在醫院四周逛逛。錫神父像回首往事般，一一說著眼前的房子是什麼時候蓋的，不遠處的那座樓又是什麼時候興建的，最後錫神父認真地感謝與徐先生幾十年的友誼，送他一只刻有感謝字樣的金戒指。兩天後，錫神父與世長辭，病逝在他奉獻大半生的台東縣。

當年的葬禮盛大得驚人，錫神父被鄉民迎進了台東大武鄉、南興鄉排灣族頭目的祖墳地。

這其中有個感人的故事：錫神父當年初到台東傳教時，受到南興村排灣族頭目劉先生的支持，而劉先生的兒子壯年辭世前，將只有幾歲大的唯一孩子如託孤般交給錫神父，錫神父不負託付，養育這孩子直到大學畢業。錫神父故去後，劉家人浩浩蕩蕩地將這位來自天涯另一方的瑞士人，以大禮迎進自家的祖墳地。在劉氏私人墓園裡，居中為首最大的一座墳，就是他們稱為「錫公」的瑞士籍神父。

今日海岸山脈沿路可見由白冷會興建的天主教堂，但早期要在這偏僻的東部傳播一個全新、來自西方的信仰，根本不是件容易的事。我們很難了解這群傳教士當年的終極心態，在一般的天主教徒眼裡，他們理所當然地懷抱著基督的感召，救人靈的熱火，好似他們從未遭受挫折一般。然

錫質平神父

就算是在癌症末期，只要走得動，錫神父一定會騎著摩托車從醫院出來去拜訪教友或為校務奔波。據一位在聖母醫院服務的修女回憶，某夜九點多時，仍在工作的修女，聽到窗外錫神父熟悉的摩托車熄火聲，不放心地特別從辦公室出來，在走道上，仍戴著安全帽的錫神父一見到修女竟雙腳一癱，重重摔倒在地，自那晚起，錫神父再也沒有離開醫院。（白冷會提供）

而這些傳教士當年遭受的阻力與挫折並不比別人少，尤其是在異鄉國度裡，因為陌生、因為言語不通，他們的挫敗很容易成為一種自我懷疑，一種無法與外人道的焦慮。

以小米酒傳教的姚秉彝神父

日後東海岸教堂一座座興起，某些神父的開教經歷，被他們自己當成趣事，流傳在會士之間，例如，姚秉彝神父（Fr. De Boer Jorrit）當年傳教並不順利。

姚神父初到台東時，很多阿美族的部落根本不歡迎外國佬入村傳道，他日後對人說：「我的傳教大業是拜一瓶微不足道的米酒所賜。」

一九五七年，姚神父到花蓮大港口附近的村莊，所騎的摩托車莫名其妙著火了，兩位在村前閒聊的原住民青年基於人道幫忙滅火。眼見機車成為爛鐵，姚神父絕望無比，但他仍得謝

姚秉彝神父（De Boer Jorrit, 1911-2002）
（攝影／林志柔修士）

謝這兩位年輕人，便就近在雜貨鋪裡買東西，走進店裡，神父在汽水與米酒之間掙扎，最後索性買了可安慰自己的米酒與他們對飲。兩位年輕人因為神父的分享，感動而開心地回去告訴頭目：「這個老外會喝我們的米酒哩。」為此，他打開了傳播福音的大門，適時維護住了他飽受挫折的傳教熱火。

美聲系澎海曼神父

另一位神父的開教方式也相當傳奇。一九五六到台東傳教的澎海曼神父（Fr. Brun Hermann），講著一口東北普通話，同樣不為阿美族接受。直到一場意外而悲傷的葬禮，才打開了長濱附近南竹湖部落的心防。

原來澎神父的一位教友，入贅到此部落的一戶人家，某天年輕人出海捕魚時意外喪生，澎神父特別帶著聖歌隊到這戶人家為死者舉行追思彌撒。南竹湖的村民們為葬禮優美的禮儀與詩歌著迷，對這外來信仰產生好奇，進而主動地想了解。澎神父日後編著的《阿美聖歌集》，是他留給阿美族同胞最美麗的資產，而他所調教出來的合唱隊，更是此間最強勁的聖歌詩班。

當人們揭開神祕面紗來看待這些有異於常人的修道人時，我們較敢臆測，這些看似不畏死生的傳教士除了有異於常人的信仰外，其實是相當浪漫的。在電力不普及的年代裡，修道人披星戴月的代步工具就是雙腳，以及踩起來相當吃力的腳踏車。我們當然無從得知他們當年長時間在深山裡、海岸線上，頭頂烈日，遙望星空，踽踽獨行，一村又一村傳播福音，心裡究竟在想些什麼？他們不畏失敗，奮力傳福音的動機，究竟是受到人性裡亟欲征服的虛榮優越感驅使？還是，他們真的超越自我，完全無私、真誠地想與異鄉人分享讓自己得救的訊息？

下面這位神父的故事，也許能提供我們一個較清晰且讓人信服的參考。

蘭嶼之父紀守常神父

紀守常神父（Fr. Giger Alfred）是白冷會早期的傳奇人物。這位長得英挺，薄唇和眼睛總散發出無限魅力的神父，活潑得不得了，他幾乎將壯年歲月全獻給了東部，尤其是位於蘭嶼島上的達悟族同胞。

歐修士說，半個世紀前（一九五四年）在馬蘭天主堂服務的紀神父未經由長上的同意，一個人從高雄偷偷搭了漁船到蘭嶼。在漢人眼裡，島上居民飢荒時得以山藤裹腹的蘭嶼島，是片不折不扣的蠻荒之地。

澎海曼神父（Brun Hermann, 1914-2010）
（攝影／林志柔修士）

從早期遺留下來的某些影像中，後人幾乎可以斷定，當年正值壯年的神父一定愛極了他的達悟同胞。有幾張照片是紀神父頭戴達悟族銀頭盔與族裡老人面對面、鼻子碰鼻子地摟著合影。

八〇年代之後，為了慶祝發現新大陸五百年，全球陸續出現許多檢討：殖民及外來宗教究竟是破壞當地文化，還是真的幫助弱勢民族？台灣自然也不例外。難得的是，東部人（尤其是早期的達悟人）對紀神父的印象，竟不是他所傳述的基督救恩道理，而是這位有血有肉真情壯漢的種種軼事。

為了維護達悟族的權益，紀神父常與駐守蘭嶼的軍警大打出手，我很難想像在高壓的戒嚴時代，氣急敗壞的老外與軍警打起架來會是什麼模樣？

「能給的全給了！不該給的也常不見。」歐修士說他當總務的時候，就常與對財物輕重毫不在乎的紀神父起衝突，因為這老兄三天兩頭把屬於修院的財產往外送。有時看歐修士氣急了，紀神父只是不好意思地聳聳肩：「天主還會再給我們的。」就這麼一句話打發過去。

六〇年代，天主教會在梵二大公會議（註）召開之前仍相當保守，除了全世界統一奉行沒有太多人懂的拉丁禮儀外，其教義也是唯我獨尊，非常排外。在嚴守戒命教條的保守氣氛中，紀神父的彌撒卻異常地開放。據達悟族人回憶，紀神父在蘭嶼開教初期，獻祭彌撒到了聖餐禮時，無論對方是教友或純粹因為好奇，只要前來領受，紀神父都會欣然地將白色麵餅分給他們。在他眼裡，基督是屬於眾人的，沒有什麼教內和外邦人之分，受他幫忙的人也不一定得是教內的人。此外，他參加了達悟族所有的慶典（諸如飛魚祭、新船下水），就連一些不容更改的傳統禮儀，都順應在地文化而加以調整。

紀神父從一九五四年起，前後在蘭嶼服務了十六年。在那個原住民（尤其是男性只著丁字褲的達悟族）飽受歧視的年代裡，紀神父早將蘭嶼同胞視為自己的手足。多少次遇到達悟族同胞沒有足夠的裹腹食物時，紀神父總是噙著淚水咬緊牙關丟下一句：「我來想辦法！」就這麼把這重任扛了下來。

一九六七年蘭嶼的紅頭天主堂落成時，紀神父在傳統的迎賓儀式中，不小心坐空了椅子而摔倒，看在傳統的耆老眼中，這是個不祥之兆。

一九七〇年三月十日，對蘭嶼教友來說，真是個悲痛逾恆的日子。紀神父自台東搭夜車送兩位原住民女孩到西部就業，在高雄坐上一部自嘉義送客來此的計程車，清晨，一夜未睡的司機在台南縣附近衝撞了路邊的大樹，紀神父被送到鄰近小診所後死亡，那時他不過五十歲。診所醫護人員自神父身上找到一串鏈珠，推斷這沒有任何身分證件的老外是位神父，於是輾轉聯絡台東的白冷會。

噩耗傳回東部，尤其是蘭嶼的教友，大家都悲慟不已，全鄉在紅頭天主堂為神父祈禱，當地政府更是極不尋常地以降半旗致哀。蘭嶼的信徒們為這位深受他們喜愛與敬仰的神父冠上「蘭嶼之父」的尊稱。他們深深記得，這位與他們同歡笑同哭泣的瑞士人帶領他們與窮困奮鬥，對抗外來的欺壓與歧視，更因神父的熱情與開放，重振了他們失落已久的自尊與自信。

紀守常神父過世的時候，我才十歲，當然沒有機會見到這位已成海角傳奇的瑞士人。多年前，

紀守常神父（Fr. Giger Alfred, 1919-1970）

人性裡的真情性格應當是裝不來的。不知是誰拍下這張難得的照片，圖中紀神父戴著達悟族銀頭盔與達悟耆老相擁的照片著實教人喜愛。有一位曾受紀神父幫忙的黃先生日後回憶，他在蘭嶼國小讀三年級時，紀神父送他到台東仁愛國小就讀，好能就近住在白冷會設立的培植院接受照顧。黃先生仍清楚記得在被送抵台東仁愛國小後，紀神父對他的級任導師說：「這個蘭嶼來的學生，處境可憐，要注意不要讓其他的學生欺負他，更不許讓同班同學打他。蘭嶼來的學生不會讀書，如果考零分，老師千萬別打他。」若教育界都有紀神父這種待人的情懷，這社會有著百般弊端的教育問題也許就會有個良善的開始。（白冷會提供）

紀守常神父

六〇年代，正值壯年的紀神父竟應當年最時髦的香港邵氏電影公司在《蘭嶼之歌》這部藝術性不高的電影中現身說法，扮演島上的神父。為什麼神父會答應來拍這部戲呢？原來電影公司應劇情需要會在島上建立一座教堂，想蓋教堂卻缺經費的神父想藉此機會得到一座可用的教堂。天真的紀神父不知道這座美麗的教堂，中看不中用。據說電影拍完沒多久，這座讓紀神父夢寐以求的小教堂就讓颱風刮得無影無蹤。（白冷會提供）

我終於有機會與這位偉大的修道人有了近距離的接觸。紀神父的墓位於台東東河鄉附近的小馬天主堂後面。那個天氣明朗的夏日，我在歐修士的帶領下，前往向這位傳奇人物致意。令我震撼的是，這麼一位令無數人敬仰的修道者，他的墳墓竟然連墓碑也沒有！墳上以木片切割成的十字架，除了寫著紀神父的生卒年之外，就什麼也沒有了。

我在神父的墓前矗立良久，有種說不出的滋味，我轉身問歐修士：「紀神父不是個大人物嗎？怎麼這個墓這麼簡單？」

「他本來就是位瀟灑來去、一無所有的人！」歐修士不以為奇地回答。

再深刻的過往都會變成歷史，歷史又變成令人賦誦的傳奇，傳奇最後被歲月淘洗成一種傳說，逐漸被人遺忘。這半世紀前自瑞士搭貨輪到中國北京，最後又在此長眠的修道人，就像他的同會弟兄一般，以他僅有的肉身和有限的生命歲月為他的信仰做出了最深情的答覆，而紀神父與其他相繼凋零的白冷會弟兄，為比他們更古老的美麗海岸山脈添上了一筆動人的記憶，流傳在與他們交會人們的心靈深處。帶著深情、血淚的煙塵往事，在綿延無際的海岸線上，一次又一次地被人提起，教人悸動又感傷，無法忘懷。

【註】有兩千年歷史的羅馬天主教會，一直到上世紀的六〇年代，才召開歷史上著名的大公會議，在此之前，教會禮儀都以行之有年的拉丁文進行，教義上也相當保守，唯我獨尊。第二次大公會議的召開，使古老的天主教會終於與現代接軌。

紀守常神父之墓

這是紀神父長眠的地點。西方人（尤其是修道人）並不講究厚葬，經當地人要求，白冷會終於從善如流為墳塋做了基本裝飾。轉眼之間，紀神父離世四十年了，屬於他的時代一去不復返，但所有認識紀神父的人永遠感念他的行誼。將一生完全奉獻給外地人的傳教士，往往讓當地人忘了他的來處？當年，某位達悟族的教友得知神父意外身亡時，悲慟到無法進食，他以達悟的傳統圖案連夜為神父刻了十字架，要安放在神父的墓前。白冷會將這深具意義的十字架轉送給紀神父在瑞士依然健在的老母親。直到那一刻，傷心的達悟族同胞才驚覺天涯的另一方還有一位因愛子喪生而心碎的母親。

從那一山到這一山

自喻為「鄉下人」的白冷會士，大多出生於瑞士阿爾卑斯山區的鄉間，因此他們從不介意以鄉巴佬自居。不過從他們的創作裡，總讓我驚覺平凡生命的美麗、飽滿與燦爛，為抽象信仰的追求搭建一條清晰又瑰麗的橋樑。

自喻為「鄉下人」的白冷會士，大多出生於瑞士阿爾卑斯山區的鄉間，因此他們從不介意以鄉巴佬自居。白冷會的人數不算多，卻誕生了幾位國際知名人類學家，例如，艾格里神父（Fr. Egli Hans）。在艾神父的鏡頭下，半個世紀前的蘭嶼和漢族的照片，至今仍是庶民百姓的影像經典。這些以黑白底片拍攝的照片，生動地記錄了當時人們的生活影像，鏡頭中的人物個個洋溢著飽滿的自尊與自信，而且光影恰到好處，連我這個專業影像工作者，都不得不佩服艾神父寬闊的人文視野。

以影像寫詩的林志柔修士

以影像為白冷會保存了他們在海岸山脈半個世紀以來豐富的傳教面貌。這一切，全歸功於白冷會另一位至今依然健在的林志柔修士（Bro. Weber Fritz）。

當年掌管整個修院生計的林志柔修士，精通廚藝，能燒出一手好菜、烘烤美味的麵包，製作出精美的蠟燭，但是，他的個性和名字並不相當，脾氣一點也不溫柔。

林修士在各個領域內的表現近乎天才，最令人稱道的是，他酷愛攝影，拍遍了東海岸的庶民百態，累積了半世紀偉大的攝影資產。攝影題材從白冷會的教堂、教友、原住民到漢族人文的點點滴滴，更包含東海岸的風景和動植物景觀，內容五花八門。東海岸瑰麗的日出、春耕和秋收，明麗的四季風光，在他平實的鏡頭下流露出一股淳厚的詩意，非常動人。

除了景觀，林修士的人物照更是出神入化。對著鏡頭凝視的原住民、原野上嬉笑的孩童或是田中牽著牛耕作的農人，全被

林志柔修士（Bro. Webber Fritz, 1932-）
（白冷會提供）

林修士不慍不火的鏡頭深情地捕捉下來。這些沒有特定主題的影像，具體反映台灣東部近半世紀的地理、人文風貌。透過豐富的影像資料，我們得以感受到不愛講話的修士對一般人熟悉的生活是如何充滿熱情。

從前，所有拜訪白冷會的人都會慕名前來欣賞這些攝影資產，我們的修士將一張張照片，分門別類，放進不同的相簿，如果你喜歡，酌付沖洗的工本費，就能擁有這些美麗的照片，簡直物超所值。

身為職業攝影師，我對林修士綿延幾十年的攝影資產是充滿忌妒的。他鏡頭下的人物總是如此自然，如此生動，幾乎讓人感覺不到鏡頭的存在。那些平凡總遭人忽略的瞬間，在他的鏡頭裡一一化作永恆的經典。

成千上萬的照片中，我尤其喜愛他所拍攝的白冷會會士，這些人物照片生動記錄了已故會士的動人身影。多年前，當我從事一個有關「傳教士」的攝影專題時，我真為林修士的這批照片吃味不已。別說是這些神父都已上天堂，就是讓我有機會拍，我可能也無法超越不以攝影謀生的林修士。藉著林修士的攝影，這些白冷會士永遠活在人們的心中，並且激起無緣相識者的萬千好奇。

原住民神父池作基

幾乎所有看過池作基神父（Fr. Tschirky Meinrad）照片的人，都會好奇這位酷愛原住民打扮的老先生是誰？鏡頭下的池神父，不是與原住民歡唱，載歌載舞，就是頭裹毛巾、身著原住民禮服舉行彌撒，率真的神情與身影著實教人喜愛。

視自己為原住民一份子的池神父，在當年，若有漢族老師罵原住民孩子笨時，他會毫不客氣地到學校找老師理論。池神父是位對生活充滿熱情的人，他住的地方，充滿了從海邊撿拾而來的貝殼、木頭裝飾。歐修士告訴我：「池神父活潑、真情流露的性格，與英年早逝的紀守常神父不相上下。」備受當地人們喜愛的池神父，五十多歲那年，耳朵下方長了一個無法收口的小瘡，經診斷為口腔癌，動了個小手術後，癌細胞突然像動怒般擴散開來，最後終於將熱愛生命的池神父擊倒。為了治病，老人家吃足了苦頭，整張臉挖東牆補西牆，顏面神經嚴重受損，有張池神父臉上裹著紗布的照片，消瘦得像割耳不久後的梵谷。

池作基神父（Fr. Tschirky Meinrad, 1930-1992）
（攝影／林志柔修士）

為了與疾病搏鬥，白冷會士將池神父送回瑞士醫治，期盼能出現轉機。然而自知生命所剩無多的池神父，連話都已經說不清楚了，卻在瑞士會院哭著要求長上無論如何讓他回台灣，他要死在他的故鄉——遠在地球另一端的台東。

「這要求如此不實際，卻沒有人能忍心拒絕他的要求。」其他會士日後回憶。

在一片反對聲浪中，池神父忍受極大的痛苦，在一位瑞士護士的陪伴下，從瑞士飛回台灣，飛機一降落，救護車直接將他送往醫院。池神父最後在台東聖母醫院期間，他的教友們，老中青三代二十四小時自動排班守候，他們不容許親如家長的神父一個人孤伶伶地躺在醫院裡。

「祂既然愛了他們，祂決定愛他們到底。」（註）

在醫院一個星期後，某天，池神父要求醫院送他回東河天主堂，他要再看看他的教友們，醫生、護士拗不過他，最後在白冷會士的陪同下，再度把行將就木的老人用救護車一路送到東河天主堂，躺在教堂裡的神父難抵劇痛，只能睜大雙眼看著心愛的朋友們。院方終於狠下心，不再理會這面目已殘、病入膏肓的老人，將他強送回醫院。兩天後，神父戰不過病魔，終於與世長辭。

從林修士所拍攝的池神父葬禮彌撒照片，年邁的原住民教友如喪考妣、號啕大哭的情景，看得教人心酸，送葬隊伍綿延幾百公尺，在美麗的東河橋上，池神父原住民的鄉親們抬著棺徒步數公里，將池神父的靈柩送至小馬天主堂的墓園安葬。二十七歲來到台東的池神父，年輕時頭髮濃

池作基神父

六十初頭就過世的池神父愛極了他的教友和台東，他初到台灣時不過二十多歲，從舊相片裡依稀可見他眼中流露出的稚真。數十年的東部生活，讓這位如假包換的「阿凸仔」被同化成能歌善舞的阿美族同胞。我曾拜訪池神父的教堂和故居，從庭院裡的貝殼到浮木，處處洋溢著熱愛生活的痕跡。池神父當年用盡最後力氣，帶著病體，從瑞士一路飛回台東，只為長眠於這片他深愛的土地。（攝影／林志柔修士）

密、眼睛炯炯有神，簡直帥到不行！從天涯一方的瑞士人變成台灣原住民，他將自己燃燒到最後一分鐘後，如願以償地長眠於這一片土地。

我和林修士幾乎是沒講過什麼話，而且花了很長一段時間來接受他不喜歡我的事實。幾年前，我一再經由其他的會士說服他，希望將這批記錄台灣四十年民生影像的照片集結出版，然而林修士就是相應不理，不為所動。林修士離開台灣前的工作是在台北萬華平安居為遊民服務，因為年歲漸邁，他不想拖累別人照顧他，便決定回瑞士。

有的人臨別前瀟灑地不帶走一片雲彩，而林修士卻為此地人們留下無價的影像資產，更有意思的是，在台灣生活近半世紀，這位心底細膩的修道人在離別前對長上的唯一要求竟是：「讓我不驚動任何一個人，悄悄離去。」

「死太難」史泰南神父

我有幸能拍攝幾張精彩的白冷會士照片，其中一張我個人相當喜愛的，是幾年前過世的史泰南神父（Fr. Steiner Dominik）。

當年史神父讓我拍照時已是八十高齡，然而，臉上洋溢著竟是孩童般的稚真光彩，令人驚異。渾身是勁的史泰南神父被原住民戲稱為「死太難」，即使年近九十，老神父仍在烈日下揮汗耕作。他的長上善意提醒我，若要拜訪他，最好能事先通知，否則看到的會是一位通身僅著寸縷的

史泰南神父（Fr. Steiner Dominik, 1916-2002）

一個人從年輕到老，一直能保有赤子之心，是個祝福。史神父就是蒙受祝福的人。這位老人一直到老年仍維持著他的原生性格。小時候，我總欽羨外籍傳教士能說多國語言、滿腹學問；過了不惑之年後，我覺得能在瞬間萬變的世界中，擁有一份靈明覺醒的樂觀才是最不容易的事。遇見這樣的老人，除了喜歡他，更會為他堅持的信仰產生好奇。

（上圖攝於1993年，右圖攝影／林志柔修士）

長鬚老人，有如《魯賓遜漂流記》裡的人物，忘情地在烈日下工作。

從不就醫的史神父早將生命交給了天主，他過世的情景像一則傳奇：某個春天的清晨，老神父在教堂舉行例行的彌撒祭典時，突然覺得身體不舒服，他要求同住的年輕神父扶他回房休息，就在他剛剛坐下，老神父突然頭一偏，與世長辭。

史神父的墳就在他日夜開墾的教堂園地裡，居高臨下的墓園可以讓他朝夕看見美麗的太平洋。

多產建築師傅義修士

白冷會另一位才氣縱橫的傅義修士（Bro. Felder Juilius），為東海岸設計、監造了四十座大小不一的教堂，造型簡潔，像是海岸線上一串美麗的珍珠。

這些教堂帶有強烈個人風格，與當地自然景觀相呼應，意外地成為台灣建築學子造訪的對象。以設計水準而言，看似平凡的小教堂，卻有獨到之處，只要進入教堂裡，空間所營造出的美麗氣息，總是讓人打從心底覺得舒服。

具有藝術才情的人，可能都有一點不好為外人道的脾氣。對建築一絲不苟的傅修士，在創作上絲毫不讓步，為此他的脾氣動不動就上來，這讓只當他是修道人而無視他藝術成就的百姓，大感吃不消。然而與他聊過建築的人，都覺得他是世界上最謙遜溫柔的人。

傅義修士（Bro. Felder Juilius, 1933-）

傅修士的脾氣真是不得了，而他的教堂卻出奇的靈巧細緻，兩者實在不相稱。告老還鄉的傅修士，其近期作品是東河鄉的都蘭天主堂。因為有廣大的腹地，簡潔的教堂在海岸山脈的烘托下顯現出完整面貌。傅修士的完美主義性格是出了名的！他痛恨別人未徵詢他意見就在教堂外亂種樹，破壞了原有的設計。有回，他把教堂外一排擋住陽光的樹給砍了，他的長上氣得要扣除他的零用金，好將教友買樹的錢還清。這些事件加深了別人對他壞脾氣的印象。傅修士畢竟是謙遜的，同樣從事藝術工作，若別人亂改我的作品，別說是砍樹，我可能連根都給刨了。傅修士設計的教堂，為白冷會在東部的足跡留下了不可磨滅的標記。（攝於1993年）

傅義修士的建築作品與設計原稿

都蘭天主堂（左頁圖）是傅義修士離台前所完成的作品。這位一生都在設計房子的修士為東海岸留下了數十座美麗的教堂。如今這些教堂逐漸成為海岸線上最動人的觀光景點。右圖上為傅修士所設計的小馬天主堂，右圖下為台東白冷會院裡的小聖堂。

傅修士手繪圖工夫一流，這些精密的設計圖幾乎已是可以獨立欣賞的藝術作品。在傅修士告老還鄉前，他將數千張設計圖原稿，無條件地捐給了台東卑南的歷史文物館。

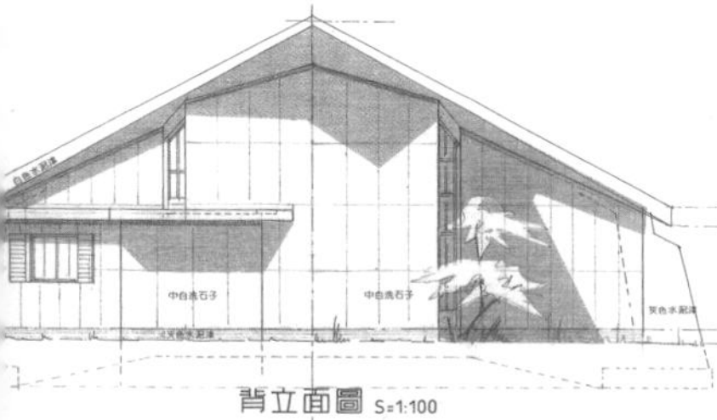

背立面圖 S=1:100

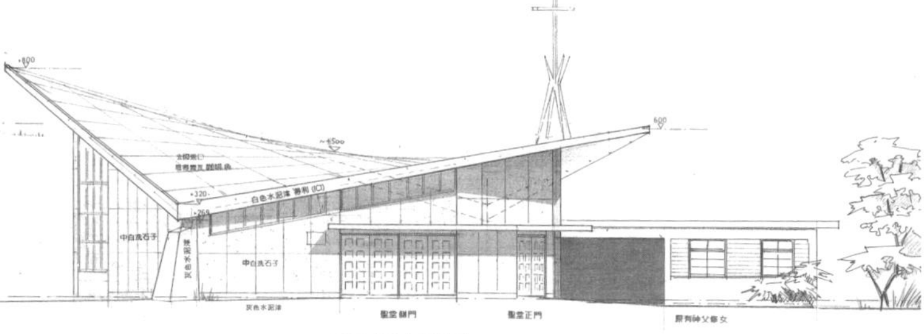

東向側立面圖 S=1:100

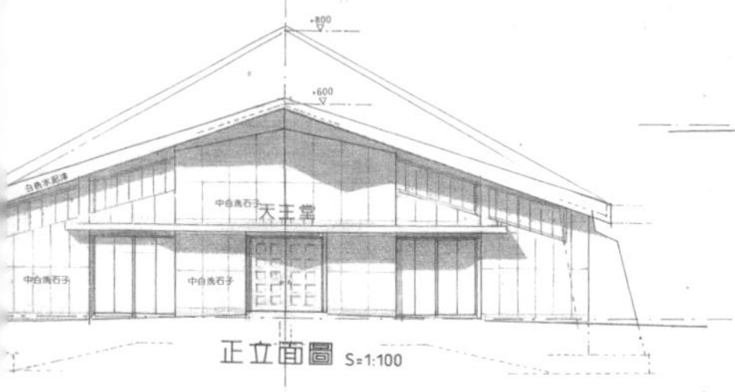

正立面圖 S=1:100

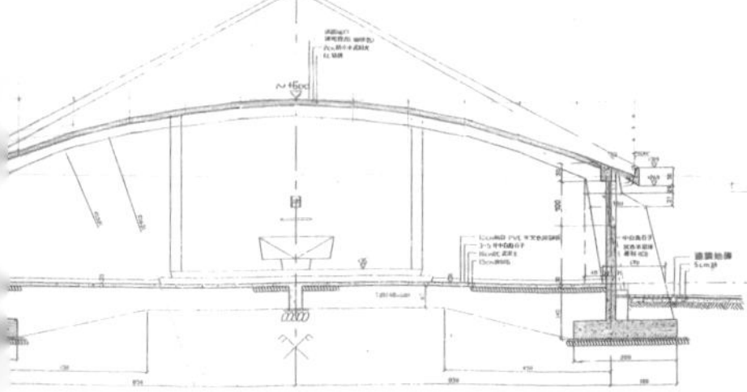

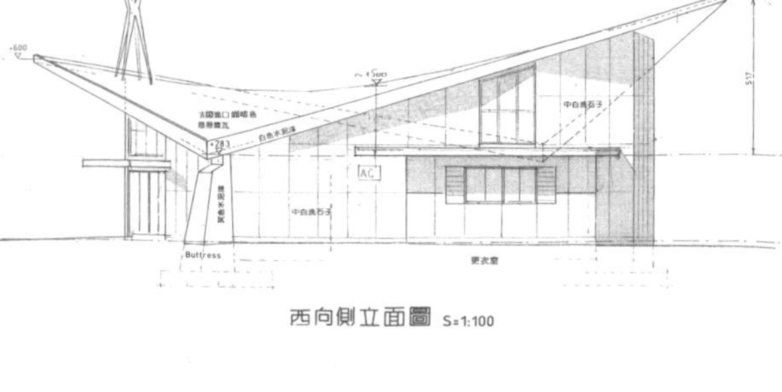

西向側立面圖 S=1:100

B-B 剖面圖 S=1:100

全才藝術家蘇德豐神父

當年傳義修士與蘇德豐神父（Fr. Suter Gottfried）合作無間，傳修士負責教堂建築結構，而內觀裝飾則交由蘇神父設計。

所有的白冷會士都公認蘇神父是藝術才情最高的神父，除了會寫詩，喜愛音樂，對雕刻、繪畫都有一手。白冷會院餐廳裡那幅以廢棄的人造皮包裝袋拼貼的「聖誕子夜圖」，是蘇神父為生命留下的美麗標記。這幅占滿整面牆壁，傳神地呈現聖誕的故事，畫面除了有牧羊人和羊群，還有隻對著子夜星星昂首呼嘯的小狗，非常有趣。

這位有張彌勒佛面孔的瑞士人，是專收智障兒的「救星教養院」（白冷會創辦）的緣起人之一。當年在山區傳道的蘇神父，有回看見山上有一位嚴重智障的孩童被關在籠子裡生活，家長無奈地表示，他們整天忙著下地幹活，無暇照管孩子，孩子動不動就不見了，為此蘇神父興了把孩子帶下山的念頭。在那個四輪車無法駛入深山的年代裡，蘇神父擔心小孩無法坐穩機車後座，竟找人用板車將這孩子從山上推到平地來，託付給修女。

中國人積德以長壽的觀念在白冷會士身上好像看不見，這些會士對生

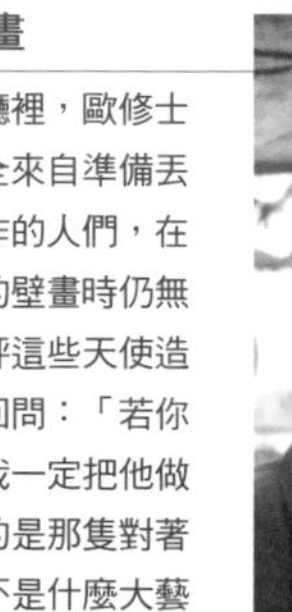

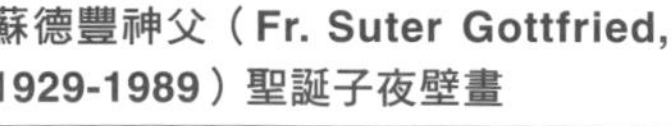

蘇德豐神父（Fr. Suter Gottfried, 1929-1989）聖誕子夜壁畫

蘇神父的壁畫就在白冷會的餐廳裡，歐修士解說，當年拼貼壁畫的材料完全來自準備丟棄的瑞士包裝袋。習慣具象畫作的人們，在七〇年代乍見這充滿現代味道的壁畫時仍無法接受，意見紛紛。當有人批評這些天使造型怪異時，蘇神父毫不客氣地回問：「若你看過天使的樣子，請告訴我，我一定把他做出來。」子夜壁畫最討人喜愛的是那隻對著天上星星呼嘯的小狗。蘇神父不是什麼大藝術家，他或許自己都不知道，這幅畫的構圖相當巧妙地表達難懂的神學觀，曠野的羊群在天使與牧羊人之間，是絕妙的安排。蘇神父已逝世多年，而所有看過壁畫的人，總會對這無緣相識的外邦人興起愛慕與好奇。

命豁達的態度，真讓動不動就愛算命的現代人感到汗顏。

蘇神父六十二歲那年因大腸癌過世。這原來是件可以避免的悲劇。蘇神父被診斷出癌症後，緊急動了手術，醫生將癌細胞清除並為神父接上人工造口。兩年後，在眾人都反對的情況下，蘇神父堅持請醫生將他的肛門接上。這位極怕熱的壯漢實在厭惡這個貼在他腹部、有時還會發出聲響及氣味的塑膠袋。半年後，捲土重來的癌細胞無情地帶走蘇神父的生命。

我常一個人在台東白冷會的會院和傅修士設計的教堂裡，欣賞這幾位沒沒無聞的傑出藝術家所設計的作品，尤其在夜晚，皎潔的月光將小小的空間點化成難以言喻的聖境。

不像一般藝術家，或是為謀生、或是為虛榮，有時總得有那麼一點無奈，甚至虛張聲勢地向世人推銷自己的作品。擅長攝影的林修士對我的印象永不會改變，而傅修士的脾氣我還是不敢恭維，不過從他們的創作裡，總讓我驚覺平凡生命的美麗、飽滿與燦爛，為抽象信仰的追求搭建一條清晰又瑰麗的橋樑。而幾位生命並未活過不逾矩之年的海岸瑞士人，可能自己都不知道，他們短暫的一生，卻是他們畢生追尋的造物者眼裡，一頁最美的詩篇。

【註】若望福音第十三章節錄。

化為海岸山脈

半世紀前來到這兒的瑞士人，終將化成海岸山脈的一部分，像一粒種籽般，他們在西方出生、成長，最後卻扎根於遙遠的東方大地，開花，結果。在一個無法久長的人間裡，他們為有緣與他們交會的人，開啟了一份天國的嚮往。

「尼古老，我們又少了一頭牛！」歐修士在電話那頭平靜地對我說。

在太麻里服務了近半世紀的李懷仁神父（Fr. Ricklin Paul），被診斷出有攝護腺癌，匆匆返回瑞士治療，不到半年就過世了。這位沉默但記憶出奇好的修道人，在海岸山脈奔波了大半生，就這樣未驚擾半人，悄悄離開人間。

就像歐修士說的，不消幾年，來自瑞士的白冷會就要自東海岸消失了。全盛時期，東海岸有近五十位白冷會士在此服務，而今只剩寥寥可數的幾位老人家仍在這兒。這些碩果僅存的老人，在我眼裡，個個都是人間瑰寶。

李懷仁神父
（Fr. Ricklin Paul, 1936-2006）

故去的李神父是位話極少的人，他回答問題很少超過兩個字，若這世上有「半個字」這玩意，他一定會用得相當好。我曾懷疑李神父的記事能力。沒想到他記得二十多年前的那個黃昏，我不停地對猛打哈欠的他按快門的情景。李神父在台東服務了近大半生，2006年被診斷出攝護腺癌末期，為了不造成本地人的負擔，他靜悄悄地回到瑞士，半年後逝世。李神父生前服務於可以看見東海岸美麗日出的太麻里教堂。
（攝於1993年）

補蛇達人葛德神父

現任白冷會會長的葛德神父（Fr. Gassner Ernst），是我最喜歡親近的神父之一。這位神父長期在東河天主堂服務，他對生活的要求，簡單到令人結舌，據說他的三餐都是幾片麵包夾著果醬和一杯咖啡就可解決。

有回，我臨時去東河拜訪他，日近黃昏時，他突然看著我，自言自語地說：「我來看看冰箱有什麼東西？」我知道他在為我的晚餐犯愁。

我急忙表示，難得回台灣，我還有更好的去處。在逃跑前、使用他的廁所時，我在浴室裡發現了一件剛洗好、仍在晾乾的破外套，我像發現新大陸地說：「天啊！這快成世界奇觀的外套爛成這樣還能洗？」

我的神父趕緊說：「你可別把它扔了！那是我的睡衣，冬天時穿著睡覺，暖和得很。」

「神父，你不要這樣好不好？台灣經濟早不是你剛來時的樣子了，你這種衣服簡直比對岸當年的『新三年，舊三年，縫縫補補又三年』的衣服還不如。」我不以為然地說。

離開東海岸前，我硬是未經他同意，在台東地攤上為他買了幾件禦寒外套，我特別開玩笑地對他說：「這些衣服洗不爛，因為表面都是尼龍做的。」

葛德神父（Fr. Gassner Ernst, 1936-）

葛神父的叔叔也是位神父。葛神父現任台灣白冷會的會長，在很多方面卻相當低調。東海岸的教友大量流失，卻從未見他抱怨與批評，除了在蘭嶼期間，七十多歲的葛神父總是騎著一輛老舊的摩托車在東海岸上上下下，跑來跑去。生活崇簡的葛神父還有另一項不為人知的本領。早期東部經濟困頓時，他曾抓蛇賣錢，用以救濟窮人，這些蛇不是普通的長蟲，而是會置人於死的毒蛇。我實在很難想像，這老先生當年腳前放著麻袋，騎著摩托車兜售毒蛇的情景。葛神父迄今仍是一個人照顧自己的起居，洗衣燒飯完全不假手他人，光是他對生活的簡樸態度就已令我尊敬與景仰。（攝於2014年）

腳底按摩專家吳若石神父

另一位寶貝神父，是白冷會裡以腳底按摩聞名全球的吳若石神父（Fr. Eugster Josef）。這位當年被我形容長得像「米老鼠」的神父，年近八十，卻擁有一顆赤子之心。

沒有人不喜歡吳神父。

長期在台東長濱鄉服務的他，一整年都在當「空中飛人」，在全球飛來飛去，推廣他的腳底按摩。若真的在乎名利，吳神父今天早成億萬富豪了。他的腳底按摩的書和相關延伸產品全球都在賣，但要是你有機會看到他，簡單樸素的模樣與穿著，會讓人以為遇見了一位鄉下歐吉桑，更別說他的起居環境完全與原住民的經濟水平融合在一起。

不論是在教皇（註①）或是原住民面前，吳神父都以相同的態度對待，絕對不會因人而異。這位神父異於一般修道人的，是他對感情世界一點也不隱瞞。他在自傳裡清楚提到三位深愛的女子，然而，就像吳神父說的：「最後都是天主贏了。」這幾位摯愛吳神父的女子全都成為他獻身信仰的後盾。

吳神父從未跟我講過他眼中的大老闆——基督的道理，但從他身上，我總可以看到信仰在他身上發出的魅力。有回在他的教堂裡，有位年輕人來找他，教友們高聲對屋裡的神父喊說：「神父啊！你兒子來了。」我們的神父趕緊從屋裡出來，這年輕人不客氣地找著躺椅就座，神父一言不發地為他做腳底按摩，按著按著，年輕人舒服地睡著了，好好睡了一覺後，醒來就大剌剌地離

吳若石神父（Fr. Eugster Josef, 1940-）

吳神父常駐台東縣的長濱天主堂，這位神父很容易向陌生人敞開心靈。對傳統的天主教會而言，吳神父算是「另類」，他常不諱言地對外人表示，剛到台東時，言語不通，除了深感挫折，他更為老教友渾身病痛，自己卻使不上力的宣道而感到不安。直至吳神父學習腳底按摩而能幫人減輕病痛後，他的傳教熱火瞬間熊熊燃起。今天他仍然鮮少向人提及基督的道理，但只要你有機會遇見他，你會為他真誠、摯真的熱情所吸引，若基督是這樣的面目，你一定會很樂於與祂親近。（攝於1993年）

去，沒有一聲道謝。原來這少年自小就有癲癇的毛病，當他覺得要犯病了，就這樣一聲不響地來教堂找神父，只要吳神父在，無論多忙，神父一定拋下手中的事為他按摩，於是教友們都戲稱這年輕人為神父的「兒子」。

「你們會有賞報在天上！你為我一個小兄弟所作的就是為我所作。」（註②）吳神父的精神讓我想起基督的話。先不談信仰的道理，我常覺得，在無常的世界裡，只要具有一丁點白冷會士淡泊名利和不為物質所役的精神，就能一無所懼。

吳神父對信仰的宣道向來不同於傳統教會的解釋，他從不照本宣科地向人宣揚基督的道理。有人問他如何獲得生命的終極喜悅？「快樂而真誠的助人」是他唯一的答案。

他曾與我分享一個切身的經驗。

多年前，神父仍騎著摩托車在東部海岸來回穿梭時，有回遇強烈颱風過境，他急著由台東趕回池上，檢查災後教堂的情況。在泥濘不堪、柔腸寸斷的公路上，吳神父遇見一位不知他是神父而向他求助的原住民。這位年輕人左臂嚴重受傷，他向陌生的外國佬求助，希望載他到關山修女們開的診所治療。內心牽繫著教堂安危的神父真是有點不願意，但他豈能拒絕？於是神父硬著頭皮請年輕人坐上摩托車後座。騎到關山附近時，原來順暢的道路被大水沖斷，覆蓋在湍急的水流下，神父相當懊惱，心想若不是後面拖著一個人，就能飛速地涉水而過，回到教堂。然而，他請年輕人好好抱緊他，強行騎著摩托車涉水。那大水超乎想像，迅速蔓延至神父的胸部，幾乎要將兩人捲入狂嘯怒吼的河流裡。抵達關山診所後，年輕人真誠地感謝神父的救助，沒想到神父竟回頭抱住他，眼睛泛著淚光說：「是你救了我。」神父清楚地知道，若不是後座年輕人的重量穩住了機車，當他獨自強行涉水時，將成為颱風的波臣，不復在人間。

「那愛惜自己性命的必將喪失生命。」（註③）這次的經驗讓吳神父更加體會到及時助人也讓自己得救的道理。

與東海岸有約的魏主安神父

白冷會全球會長魏主安神父（Fr. Vonwyl Gottfried），曾長期在台東服務。我前後只見過魏神父兩次，而且間隔了十五年。魏神父是位漂亮極了的修道人，我不是指他的英俊瀟灑，而是一種修道人獨有的、來自上天的溫文儒雅氣質。跟魏神父相處的機會不多，但我打從心底喜歡他。

幾年前，基於職務的要求，魏神父帶著百般的不願意，從台灣返回瑞士總會院工作。據說，當他不得不離開台東時，數百名東海岸的原住民朋友在機場大廳抓著他臂膀不放，捨不得讓他上飛機，原本就不情願回去的神父，竟然在機場跟來送行的人哭成一團。

「我也掉眼淚了呢！」歐修士日後難為情地對我說。

得知魏神父好不容易返台度假，我在緊湊的行程中，硬是擠出時間，飛去台東探視他。我的魏神父比初次見面時老了許多，但是，我覺得他比十五年前被我拍照時更漂亮——一種用畢生血肉、真情付出而修來的相似於天主的肖像。

魏主安神父（Fr. Vonwyl Gottfried, 1931-）

魏神父在東部有許多視他如親的朋友。在台東生活了幾十年，他已是阿美族的一份子了。某年夏天我打電話給他，他說：「就要過年了，我得與教友在一起。」我一時反應不過，後來才知他指的是阿美族豐年祭。美麗的人與事往往需要時間的沉澱才能變得更清晰，當年我發表「神父的臉」攝影專題時，魏神父並未入選，總覺得他太平了，幾乎沒有吸引人的故事。我去國多年後，魏神父的身影卻在心中越來越具體，縈繞不去，尤其是他溫柔的待人處事態度。長年在文字教義、形式禮儀中尋求真理卻無法滿足，最後我從魏神父待人接物中窺出所謂「天國的祕密」，那是一種不要求回報的包容與付出，所有的教義解釋在真情相待的過程裡變得渺小多餘，無足輕重。

（攝於2014年）

「任期一滿，我一定要回到這裡，瑞士會院縱然有萬般好，仍讓我覺得好像住在黃金打造的監牢裡！」魏神父在他台東空蕩蕩的房間裡對我說。

「到時若他們不放你走，我會過來把你綁架回來！」我開玩笑地回答。

「你來綁我！一定過來綁我！」魏神父認真地看著我。

我想用不著我出馬，到時，魏神父東海岸的朋友們會出動大隊人馬，搶在我前面，把這位深得他們喜愛的瑞士人給迎回來。

最後，我再把焦點拉回我最好的朋友——一直在白冷會院擔任總務的歐思定修士。我不止一次對歐修士說：「你要活到一百歲，若你們都離開了，我到台東會感到孤單。」我知道這是孩子氣的玩笑話，天主自有他的安排。我們的修士早已簽了大體捐贈的遺願，即使是身後，他都要把肉身全部獻給這片他深深喜愛的土地。

半世紀前來到這兒的瑞士人，在物換星移的時空版圖裡，終將化成海岸山脈的一部分，像一粒種籽般，他們在西方出生、成長，最後卻扎根於遙遠的東方大地，開花，結果。在一個無法久長的人間裡，他們為有緣與他們交會的人，開啟了一份天國的嚮往，因為他們的朋友們是如此地不捨他們，在另一個國度裡，他們將永不分離。

【註①】吳神父曾為前任羅馬教皇若望保祿二世進行腳底按摩。
【註②】馬太福音第二十五章節錄。
【註③】若望福音第十二章節錄。

白冷會士的墓園

從認識歐思定修士起，我就想寫篇白冷會的故事，這念頭猶如風中之絮，未曾落實。直到某天歐修士不經意地帶我到小馬天主堂，驚見長眠於此的白冷會士時，我才驚覺那曾讓當地人深深懷念的修道人，不是傳奇，更不是快褪色殆盡的傳說。

雖然我深刻感到這群修道人的靈魂早已不在這了，但每回來到東海岸，我一定要到這裡與這幾位未曾相識的朋友打打招呼。

就在此書快付梓前，我又來到台東白冷會，正巧趕上幾位會士在小教堂裡為一位在瑞士逝世的老修士舉行追思彌撒。

證道的白冷會于惠霖神父說：「我們無從得知死後生命的樣貌，但讓我們祈禱，天主會賞賜這位修士生前所相信的一切。」

人要相信與肯定自己的追求是多麼不容易的一件事？在這靜謐非凡的墓園裡，我不想再去詢問如何經營生命的議題？這幾位修道人已為我立下不得了的模範。

小馬天主堂就在美麗的東海岸公路上，若你有機會來此觀光，歡迎你到這座由傳義修士設計、蘇德豐神父裝飾的小教堂坐坐，若你願意，更可到小教堂後的墓園去瞧瞧這幾位修道人，這幾位生前很喜歡與人相處、甚至打著日夜服務招牌的「老傢伙」肯定會很高興他們在實在界的最後標記，竟還能給人一些撫慰，一些有關生活、生命的靈感。

卷二

翼下之風

蘇雲望神父

到了車站，老神父從口袋裡掏出了車票。我無法自持地喊叫：「你不可以為我做這些。」原來他一直把我當作永遠長不大、永遠需要被保護的孩子。我一個人上了公車，隔著褐色的玻璃窗，他根本無法看到我，車子開動後，那孑然一身的老人依舊在站台上使勁地揮手……

初見蘇雲望神父（Fr. P. Stanislas de Geloes S.J.），是一九八二年在馬祖當兵的時候。抽中「金馬獎」後，搭上補給艦朝南竿島行駛，在海上漂流一天一夜，我的心情根本飛揚不起來，當目的地出現在海平面時，驚見港口後方出現一座白色十字架，沉到谷底的心情才像抓到了浮木，稍有喘息。下船後，在前往營區的路上仔細看清了十字架下的房子竟然是一座天主教堂，我的精神為之一振！

我不是個十足愛國主義的人，尤其厭惡意識形態拱出的教條，本質上我覺得戰爭是人類最無解又荒謬的行為之一。剛從美術系畢業，我的腦袋滿是對現代藝術的憧憬，到了這灰茫茫、草木難

蘇雲望神父（Fr. P. Stanislas de Geloes S. J., 1902-1994）

當年我請求老神父讓我拍照，他總是不許。怎料送我來探望神父的工作夥伴徐世經（名攝影家）被老神父丰采吸引，要求能為老神父拍張照，老神父不好拒絕遠到的客人，竟勉為其難地答應了。世經這幾張照片拍得真好！我曾偷偷地拍過蘇神父在長廊下打瞌睡的照片，他被我的快門聲吵醒後，靦腆地笑我淘氣。在他起身離開後，我把底片抽出讓它們全曝了光。非常感謝世經翻箱倒櫃找出這張照片，蘇神父和藹的氣質在世經的鏡頭下表露無遺。（攝影／徐世經；攝於1988年）

生的肅殺小島來，在嚴格講求紀律的團體生活中，我真擔心會精神崩潰。此話一點不假，在新營區的好幾個半夜，我常夢中驚醒，醒來環顧四周熟睡的人們，不知自己身在何處，只想趕緊逃離這莫名其妙的地方。有幾回，我真的鑽出蚊帳，僅著內衣走出營房，直到被衛兵喝止，才驚覺這不是夢境。我成了一個知覺快被扼殺殆盡的行屍走肉。為此，島上那座夜晚放出光芒的十字架，更成為我在這座小島上唯一的精神依託。

集訓後的一個週日，我終於拜訪這座位於港口邊的天主教堂，第一次見到了身材猶如細長竹竿的蘇神父。蘇神父原籍法國，為耶穌會士。七十多歲的他，在中國早該是安享天年、含飴弄孫的年歲，而老人竟然一個人孤伶伶地守著島上的教堂。更教我不可思議的是，老神父不只主持南竿堂，還兼管南竿島附近的幾處堂口，每兩個星期，他都必須舟車勞苦地搭乘軍方轄管的船隻離島傳教並拜訪教友。我真不敢想像老人家在馬祖嚴冬的氣候裡，頂著十級風浪乘坐小船的情景。

或許如此，縱使我對天主教某些教義早已不懷好感，但總不忍決裂；而童年及青少年時期來自信仰的美麗經驗，使我寧可自責與瑟縮，也不敢挺身質問；再加上像老蘇神父這樣完全無私地為他人奉獻的胸襟，使我縱然有再多不以為然的觀感，只能將這些感受鎖在腦海裡，絲毫不對這信德飽滿的老人透露半個字。

在馬祖整整待了十個月後，因職務的調動，我有了更多可以偷跑的空間。趁著晚飯過後，我經常一個人從南竿島尾端搭車去港口邊找老神父，再趕搭最後一班車回駐守的單位晚點名；若有外出假，我更是常與老人家消磨大半天的時光。

我們的晚餐比《新約聖經》裡基督所行的「五餅二魚」奇蹟好不到哪去，老神父的晚餐永遠是一鍋稀飯，配上諸如小魚干的軍用罐頭，頂多再加一、兩片麵包；如果我來了，他會給我加一些人家送的魚鬆。我們的食物像極了歐陸以刻苦聞名的隱修院，不同的是，用餐時我與老神父可以不守靜默，自由交談。

老神父接受的是老式訓練，他對規矩是馬虎不得的，例如每回飯前禱，老神父總是充滿了對天主、基督、聖母的感謝，他也總不忘記感謝天主把尼古拉斯（我的聖名）帶到他的身邊。尤其是寒風怒吼的冬夜，我與老神父在教堂餐廳裡共用晚餐，其時其景有如海角一隅的烏托邦。雖然身著軍服，我的心靈卻自由而奔放。每回夜歸營區前，老神父一定把我帶進聖堂，在漆黑的教堂裡獻上誠摯的夜禱。我不在乎老人家祈禱的內容，總以為那是千篇一律的禱詞，內心卻非常茫然：憑什麼這位老人那麼信誓旦旦於救主的救贖，數十年如一日，嚴守著清修的紀律？相對之下，我對上主的信任卻不知道何時變得搖搖欲墜？所維繫的只是一絲仍不願割捨的美麗記憶。我甚至懷疑，與老神父共處時，究竟是想在信仰上更上層樓，還是自私地猶如孩童般，在這茫茫宇宙中給自己的心靈找到一個可以遮風避雨的棲身之地？

與老神父共處段時日後，我對老人家有了進一步的認識。第二次世界大戰前夕，老神父從法國馬賽港登船前往中國上海，二十歲出頭的他滿懷著傳教熱血，擁有貴族頭銜的父親深情地對他說：「孩子，我們天堂見了！」從上船那天起，老神父就再也沒見過父親了。我問他是否想回法國，他受到驚嚇般答道：「不！不！我死也不回去了，那地方全變了，除了一個老妹妹，什麼親人都沒有了，我已經是中國人了，要死就要死在自己的地方。」

人世是無常多變的！老神父到了中國，在上海徐家匯繼續進修，晉鐸為神父。大陸變色後神職人員全數被驅逐出境，最後他輾轉在台灣新竹落腳。幾年前由耶穌會管轄的馬祖南竿堂神父出缺，在派不出人的情況下，老蘇神父自願請調。老神父的長上並非沒有顧慮他的年紀，卻拗不過他的堅持，而且南竿天主堂恰好有兩位諳於醫療的老修女，使長上終於放行。老神父於是在南竿島上開始生命的另一段歷程。

也許是受傳統訓練使然，老蘇神父雖然對我充滿了慈愛，我卻不敢像晚輩撒嬌般摟摟他，就連握手的機會也不多，但我知道老神父是心疼我的。每次我一到，神父總是拿餅乾糖果招待，好像我仍是個在上主日學的小孩。偏偏我早已不是孩子了，有好多切身的議題，我無從跟神父討論，就算他活在自己的世界裡，與現實環境脫節，對他而言，那是個完全合情合理的世界，尤其重要的是，他真的以老邁的身軀為這信念獻身。

經過一整個漫長的秋、冬、春，我終於因為部隊調動而要離開馬祖，以及老神父。我為了部隊能移防回台灣而雀躍不已，卻不知如何向老神父啟齒。

初夏的夜晚，用完簡單的晚餐後，我鼓起勇氣對老神父說：「我要移回台灣，今晚過後一直到上船前，我都不能再出來。」老神父聽完我的話，竟然一句話都沒講，他默默地帶我進入教堂，跪在漆黑的祭台前，高聲地對天主說：「主！我感謝祢將尼古拉斯帶到這兒來，他就要離開，主求祢降福他！保佑他走上正義的道路，願祢常賜他心靈的喜樂平安！」那夜，我不知老神父什麼時候離開聖堂，只知道在發覺他離去後，我一個人在教堂裡放聲大哭，彷彿突然明白在馬祖待了近十個月，我的心卻從來沒有停在這兒，只是想著：有一天離開這裡後，我要如何盡情揮灑被壓抑的自由。

搭船的那天，我一直盯著港口後方的十字架，推算日子，老神父這天會離島探訪教友。我想著：他那老邁的身軀，頭上頂著一頂塑膠帽子，左手拎著小包（裡面裝著《聖經》和做彌撒的祭杯），右手拄著一根拐杖……突然間，我的雙眼變得模糊起來。

退伍多年，我的藝術大計發展得還可以，但內心仍不那麼踏實，尤其在台灣經濟巨變的社會裡，我總有介於現實與理想之間疲於奔命的感覺。一九八八年，舉行生平第一次攝影展後，我到彰化的靜山修院開始了另一階段的宗教之旅，我的指導神師馬志鴻神父有天對我說：「你知道你的老朋友蘇神父前兩個星期到我這來？」我訝異地問：「老神父從馬祖調回來了嗎？」能有機會再與老神父聚首，我難掩興奮之情，追問著老神父的動向，得知他在新竹芎林服務。

馬神父無限感慨地說：「你知道老蘇神父在馬祖服務時，曾幫助過一位小孩？」說來慚愧！離開馬祖後，我就沒有聞問馬祖的種種，只知道那裡有位偉大的老神父，以及受所有居民敬仰的比利時修女。「老蘇神父在馬祖服務時，有回在偏遠的莒光列島上發現了一位患有嚴重小兒麻痺症

蘇神父的餐廳

凡存在過的就有它的意義，一個夏日午後我在神父的餐廳裡拍下這張晃動影像的照片，未想記錄什麼，只是想抒發一些無法言明的感想。拍這張照片時，老神父正在午睡，年紀大了，他在哪都睡得著，甚至和我講話時就打起盹來了。我們共處的時間不是不夠用，而是有很多龐大的空白，也在這寂靜的空白裡我深刻經驗到時間的軌跡，而今我在時間的這一端卻十足想念我最親愛的老神父和那段再也不會重逢的空白。若真要比較這兩種截然不同的時空，我不免感懷：那時候我無所事事地東摸摸、西看看，不急不緩等待神父的甦醒，他總會在房子裡的某處，而今想來那竟是種實在而甜美的感覺。自神父逝世後，我再不想回到這兒來，那曾讓我感到充實的空白變成一刻也讓人待不下去的空虛。

的孩子，他只能在地上爬……」

思緒突然陷入過往。這幾個寸草不生的小島，居民生活極為困苦，百姓所有的民生資源幾乎全來自島上駐紮不多的部隊。我曾在那裡勞軍，印象中每到夜晚就伸手不見五指，淒涼冷清，倒是拍鬼片的好地方。

老蘇神父一看到這孩子就動了憐憫之心，孩子的家境貧寒，超過就學年齡卻仍未入學，成天只能在家裡面爬，老蘇神父懇請家長將孩子交給他，他說，台灣耶穌會在新竹辦了個可以學一技之長的教養院，他要把孩子送到這裡學習，並負起所有的開銷。

我無法想像一個如此年邁的老人怎敢攬下這麼大的重任，把一個行動不良、正在成長的生命，從絕望的小島，飄洋過海帶到台灣。

那個孩子真的入了學，老蘇神父將他視如己出，就近照顧。這回來找馬神父是因為接到學校通知，正值青春期的孩子跟人跑了。急壞的老神父，一個人從新竹，火車、公車兼程，轉到偏遠的修道院來找有車的馬神父陪他去找孩子。

馬神父心疼地說：「你知道那天有多熱嗎？我自己都快中暑了，老蘇神父一看到我彷彿見到救兵，他說，『你有車，快帶我去找這孩子，我擔心他沒吃沒穿的會給人帶壞。』」馬神父繼續說：「我花了好久的時間哄他稍事休息，再來想辦法。」

就此，我又再跟老蘇神父連絡上。

幾個月後，我因為執行一個專案而有機會在新竹落腳，我與老神父事先取得聯繫，希望能在他那裡待上一夜。那是個秋老虎仍然兇猛的炙熱午後，老蘇神父見到我來，樂壞了，他一路從屋裡跑了出來，還來不及介紹送我來的朋友，他就拉著我的手往教堂跑，一進教堂，他興奮地跪下來，高聲地讚美天主，向天主祈禱：「主阿！我讚美祢，我多麼高興祢把尼古拉斯帶到我身邊來！我讚美祢賜他健康。」一趁著空檔，我偷偷地看著教堂外表情滿臉錯愕的朋友。

這日共處後，我與神父的距離拉近了不少。

其實在馬祖時，我與老神父有個心結。彼時我最怕任何神父跟我提有關修道的問題。我從小曾有過強烈想當神父的念頭，這究竟是一種虛榮還是對世俗的逃避？當時年紀小的我無法辨識清楚，但我真有種被主所愛的熱情；長大後想當神父的意念雖然未斷，卻與教會的教導越來越扞格不入，主因是我的同性愛慾望在成年後越來越清楚，這對保守的天主教會簡直是大逆不道的事，無法忍受。與幾位熱情邀我修道的神父坦承性向後，這群傢伙彷彿像見鬼般，話鋒一轉，離我而去。如此近乎出賣的傷痛，使我不願再與任何神父談論修道話題。在馬祖時某個共度晚餐的時刻，老神父提到了修道的邀請，我像是心靈受到打擊，匆促逃離，留下錯愕的神父；直到離開馬祖前，我一直未再給神父有這話題的機會。

幾年的時光飛逝而去，多年的社會生活和信仰的反省，我終於對天主的愛再度有了信心。在苓林天主堂的那夜，同樣在簡單的晚餐過後，我坐在老神父旁邊輕聲地說：「還記得從前在馬祖的修道邀請嗎？當年我有很多事不想講，甚至覺得天主厭惡我，你的誠摯邀請只讓我傷心與害怕。

若神父今天仍有這樣的邀請，就請開放地對天主祈禱，如果這真是我主要我走的道路，我將不再害怕逃避。」一冒著被拒的尷尬，我嘗試握著他的手，偷眼看著他，驚覺老神父更加蒼老的臉孔，不知何時已布滿了淚水。

我終究沒有獲得更進一步的訊號，反而在幾年後意外地與一位異國人士陷入熱戀，最後將生活重心移到了海外。當我決定出走後，臨行前，我到芎林探望老神父。這回，老神父更老了，他仍然三天兩頭往半山腰上的隱修院做彌撒，與世俗完全隔離的修女們戲稱老神父為「蘇聖人」，因為無論是刮風下雨，老神父仍然堅持走路上去而不願勞動修女們找車接送。

那幾天，我陪著老神父上上下下，或許是年紀的關係，老人家再也不介意讓我扶著走，甚至喜歡被挽著手走路，我一路上不停地唱歌給他聽，偶有他會的歌，就開心地與我合唱。他說，年輕時，他是一位相當不錯的風琴手呢！

那次的相處中，我頭一回看到了當年受他幫忙的孩子。暑假期間，行動不便的年輕人搬來跟神父住，吃飯時，老神父在走道上大聲叫著年輕人的名字，年輕人斯文有禮地從房間裡拄著拐杖而來，我看見餐桌上的晚餐比從前在馬祖時好上許多，老神父說：「這孩子在長大，得注重營養才行。」

那幾天的相處，我的心情滿是矛盾！我不能想像他對我飄洋過海去與一位男子共同生活，會有什麼反應。或許他會覺得這世代沉淪得太厲害，連我也陷入萬劫不復的誘惑中；我也相信他會秉著最後的力氣，苦口婆心，將我緊緊抓在身邊，以免我墮入地獄之火。

蘇神父古舊的辦公室

我一直沒有機會拍到蘇神父，近黃昏的生命實相對他而言沒什麼意義。在芎林，神父老舊的辦公室裡，我除了感到無聊也看到了兒時熟悉的宗教圖騰，小時候好像每個天主教家庭都在家裡有限的牆面上掛上一張聖母像或耶穌聖心像，為裝飾？辟邪？這圖像看起來是這麼親切，這麼理所當然。老神父跟他那個時代已一去不復返，我在這曾經活躍卻空蕩蕩的辦公室裡體會到一種看不到前路卻又無法退回到過去的斷層。有限的人生是不是常會遇上這種局面？二十多年前拍到的這張照片，景象早不復存在，但我仍想念在這生活過的人，那種空白並不淒涼，卻有種不好說的悵然。

命運真是殘酷。我對這老人為信仰的獻身深信不疑，卻為這無法共融的信仰感到悲哀。他終究無法探得我那不足為外人道的祕密，而我也感到深刻無邊的孤獨。臨別的中午，天空烏雲密布，老神父叮嚀我在國外求學時要注意健康，要隨時祈禱，別離開天主，他特別以隆重的拉丁文為我降福。

公車站就在教堂不遠處，我請求老神父不要送我，緊臨省道的教堂旁，常常有許多車子呼嘯而過，我真擔心這老人有什麼閃失。

老蘇神父堅持非送我不可，緊挽著他的手，我一句話也講不出來，只是抓著他細長的手臂不放。我幾乎充滿著懺悔，想著這老人自二十歲就離開祖國，捨棄舒服的日子不過，飄洋過海到遙遠的東方，最後在此落地生根。而我又是何其冥頑不靈，竟然無法勇敢答覆他的邀請。

到了車站，老神父從口袋裡掏出了車票。我再也無法自持地喊叫：「你不可以為我做這些。」原來他一直把我當作是個永遠長不大、永遠需要被保護的孩子。

我懇請他趁還沒下雨前趕快回去：「我會照顧自己的！」老神父就是不許，直說：「我有的是時間。」

我一個人上了公車，該死的車就是不發動，隔著褐色的玻璃窗，我清晰地看到車窗旁的老神父，而他卻無法看到我，不斷地往車上瞧。車子終於發動了，一群剛考完試的學子最後一刻衝上車來，原來，過時不發的車子就是在等待這群滿是朝氣的小鬼頭。我索性移往車子的最後，只見老神父猛往車上招手，車子無情地往前開動，那孑然一身的老人依舊在站台上使勁地揮手。

此時雷聲大作，車窗外兩邊的景物頓時全浸在水裡，車上高聲嬉笑的年輕人不會發現幾排座位後的一個成年人在幹什麼？順著吵雜的風雨聲，我索性將頭埋進行李包上，不再掩飾強忍的淚水，哭個痛快。

想起了馬祖，想起了當年簡單的晚餐，更想起了老神父的爸爸在馬賽港對他說：「孩子，我們天堂見了！」只要車一停，我一定要衝下去對他說：「我哪裡都不去了，讓我跟著你的道路前行。」也許是雷雨交加的鬼天氣，沿途竟然沒有半個人上車，奔馳的公車毫不留戀地帶我駛向不可知的未來！

施予仁神父

躺在床上的老神父有隻腳露在被子外，為他蓋被子時，我發現他的小腿腫得像大腿一樣，他卻不以為意地微笑著：「孩子，這就是人生，我都這一把年紀了，你還企盼什麼呢？」

施予仁神父（Fr. Bartley Schmitz, 1918-）

拍這組照片時，與第一次為神父拍照起碼相隔了十年。我聽說，他那時因為不想天天刮鬍子而開始留鬍鬚，於是好奇地拿著相機來找他。我們都有了改變。神父變得更老了，但我們的關係更親密了。初識老神父時，我都是仰望著他，與他說話，後來我終於可以坐下來與他聊聊。這幾年，與不太走動的老神父說話時，我大多蹲坐在他的腳邊，仍然是仰望，不同的是，我常情不自禁地輕拍他的臉，而他不再抗拒。就生命的歷程而言，老施神父每個階段都是漂亮的，尤其是他那顆稚真的心，數十年如一日，未曾改[illegible]。（攝於1998年）

很多人都認識施予仁神父（Fr. Bartley Schmitz），他是台北耕莘醫院的原始創辦人之一，更為世界上第一位有色人種樞機主教——中國田耕莘主教任職祕書多年。施神父來自美國蒙大拿州，年輕時長得高大體面，壯年時期算是個有頭有臉的大人物。

初見施神父時，六十出頭的他早已不復當年的瀟灑。他拿著裡面滿是藥材、文件、經文讀本的公事包對我說：「年輕人！你知道這公事包上『B.S』字母縮寫的全義是什麼嗎？」

我當然知道那是他英文全名的縮寫，在還來不及回答時，老施神父卻字正腔圓、嚴肅地對我說：「Bull Shit !」（狗屎之意）我們長達二十多年的友誼，就從這樣的自我介紹中開展。

八〇年代末，施神父在嘉義聖言會院擔任院長。他自小就對中國充滿了憧憬，為了擺脫他無止境的好奇，務農的父母總哄他說：「只要在地上挖個洞，就能直達中國了。」這個美國大西部的小鄉巴佬，真的就在自家的牧場上挖了個很深很深的洞。日後，他才知道位於地球另一端的中國，不是挖個洞就可抵達的。

成年後，施神父一心想修道，他離開家鄉，在美國中部的芝加哥加入聖言會的總院，接受培植。「我想死了牧場上的家人，和那裡的一草一木！」老施神父常對我述說他剛入會的情景。

祝聖為神父後，他終於有機會實踐童年的夢想，遠渡重洋，到中國傳教。施神父先在北京待了下來，隨著中國的赤化，又輾轉到了台灣，並擔任深受人們景仰的田耕莘樞機主教的祕書。沒有機會將中文學好的老神父，說起國語來，總帶著洋涇濱腔調，我不免調侃他說：「若上主能聽懂

少年施神父

我認識施予仁神父時，他快七十了，而今九十七高齡，健康時好時壞。老神父從不談過往，他的日子永遠是現在與未來式。某年，我拜訪神父在蒙大拿的家鄉，彼時我正著手進行一本如何欣賞平凡生活的小書，在他從小長大的屋裡撥電話給他：「在你家寫這本書真是現世報，因為簡單的生活一點也不好過！」（他家與最近的鄰居之間相距十四公里）我在神父房裡翻出這張老照片，當時他不過十來歲（右二抱狗者，左右分別是他的兄弟），很難想像那個生氣蓬勃的農家青年最後會在地球另一端度過他的大半生。（施予仁神父提供；攝於1934年）

你的中文祈禱，你一定可以不經過煉獄直達天堂。」

與老施神父初識的頭幾年，我的宗教信仰才剛剛要步入成年期，這是段相當難堪的蛻變。說來慚愧，當時已經二十餘歲的我，在社會上扮演符合該年紀的身分與角色，然而我的宗教內涵卻比愚夫愚婦好不到哪去，更難堪的是，我沒有如他們所擁有的全然信任。就連初識老施神父時，我對神父們的印象還停留在視他們為天主揀選的特使，有異於常人的特恩與力量。

孩童時期，我所認識的神父是充滿無上權威的，他們擁有高學歷與社會地位，他們的教導更被教友們奉為圭臬。於是有不少人視這些單身、在各方面形象良好、嚴守貞潔的修道人為基督的化身。八〇年代末的台灣處在經濟實力的巔峰，海峽兩岸剛剛開放，很多好的、壞的社會現象同時滋生，像我這樣喜歡追求藝術及心靈成長的人，受到了空前的激盪，渴望抓住一個足以安身立命的信念。這些看來總是溫文儒雅、老神在在，彷彿擁有「標準答案」的神父們，在彼時自然成為我追隨學習的對象，因此開啟了我與幾位修道人的信仰衝擊之旅。

我與老施神父的交往更是如此。

在多數人眼裡，老神父是位沒有半點架子的慈祥老人，這觀察一點不假。印象中，老神父幾乎沒對人發過脾氣，而且，他有種幾近愚蠢的天真。在他的傳教生涯裡，經常幫助一些根本是在欺騙他良善的人，就算是發現被騙後，他也從不計較；對於精神有問題的人，他格外有耐心，從不嫌煩地聽著他們重複那些我都快倒背如流的陳腐內容。

施神父精通醫藥，他的公事包裡總放有國外捐贈的藥材，以便隨時提供給有需要的人；此外，他更有一套自己開發的養生之道，我覺得其中最邪門的是他鼓勵人們長期服用經過稀釋的雙氧水！除了長期的身體力行，他對許多藥草有執迷的興趣及研究。我常覺得，他若在未變色的大陸待下來，只要身著長袍、頭戴小帽，手上再拿著一串搖鈴，那可真像是《老殘遊記》裡跑江湖的郎中。

老神父什麼都好說，卻可千萬別批評他所謂的「慈母聖教會」和教會的教導。老神父是典型的保守派，他堅信死後會有審判，在老式教會的陶成下，他更相信上主賦予他赦罪的權柄，所以他對教會（尤其是做彌撒）的規矩絲毫不馬虎，無論前一夜多晚才入眠，隔天都會起個大清早參與晨禱與彌撒。

我在老神父身邊時，他倒是給了我特權，例如我不用早起參加這些儀式。為了給我這桀驁不馴的人另類教育，他常告訴我一些故事，很多時候，我的反應帶有顛覆性，直讓他感到接近憤怒的挫折。

有回他告訴我一個有關謙卑的故事：民國初年，他所屬的山東省會院，有位教區的神父懇求能加入他們的修會，那所修院的長上就是不許。最後這位中年神父在大雪天裡，在修院前跪了整整一夜。修院的長上為此深受感動，終於接納這人的入會申請。

「你瞧！這位神父多麼謙遜啊！」老神父的口吻充滿讚賞與崇敬。

「還用等過大半夜？你那個驕傲、鐵石心腸的長上，連起碼的基督徒愛德都沒有！這會凍死人的天氣，竟然讓人在外頭跪了一夜？你的修會就這麼了不起？別說是跪，這麼冷的天氣連杯熱茶都不讓人喝，如果是我，我一定放火把那修院給燒了！」我不加思索地說出對這件事情的看法。

我的老神父既震驚又震怒，雙眼瞪著我，就在我找不到台階下時，老神父突然放聲大笑，搥著我說：「我要怎麼來教導你，才能讓你明白謙遜和服從的道理啊？」

那幾年我們常有爭執，但大多能和平收場，我無法順從他的教導，卻由衷尊敬他。後來，那個敏感的議題終究還是讓友誼面臨了嚴酷的考驗。

與神父相處久了，我自然有修道的念頭。這位老人得知我的性傾向後，竟不著邊際地告訴我不適合修道的原因，他繪聲繪影地跟我講一些很膚淺的感想。

「你不就在說我的同性戀嗎？你何必這樣縮頭躲尾地不老實說出來？」我馬上把話題導入正題，瞬間有種受辱的感覺，「你和你的教會是什麼意思？我這麼努力地工作，這麼誠實地做人，努力與人分享我的創作。憑什麼在這議題上，你們只要一有機會，就施加挫折給我，把我貶得一文不值？」我壓抑不住憤怒，大聲抗議：「我花了那麼久的時間，終於再度肯定天主對我的愛，並且清楚而肯定地向你表達這股神聖的體驗，你憑什麼要在性的議題上折磨我？」我快速地走出神父的房間：「你以為我來修道是想找個人戀愛嗎？我要走了，離開你和你的教會！我一定是瘋了，我遠離朋友，把謀生之餘的時間用來和你們在一起，而你卻視若無睹，就憑一些沒有道理的教條把我打入地獄！」

神父嚴肅地喊著：「回來！」

「你休想！」我握緊拳頭地說：「不！我不回來！因為我會揍人！」

「Nick，你回來……」神父坐在房裡，低聲地哀求著。

自尊心讓我不願意妥協，我知道，這麼踏出去，就不會再回頭的。然而，我回到他的身邊，蹲下來，再也忍不住地，將憤怒透過緊握的拳頭猛打在水泥地板上。神父抓緊我的雙手，我一拳重重地揮在他的胸膛上，眼淚終於決堤：「神父，我不能再原諒這些事了，我相信天主愛我，祂會給我一條路的，是我該親自答覆的！我會再回來，但我覺得這是該離開的時候，我應該有自己的人生了！」

我離開了老神父，開始往人生的另一個方向走去。多年後，我終於決定到異國與一位朋友共同生活。臨行前再度到南部探望他，我知道他想留我。

「你讓我自己去走走看吧！修道的路不通，你知道我沒辦法過自欺欺人的生活。」臨別前，老神父什麼也沒說，只是給了我一個珍貴的十字架。

國外生活了多年，我拿到碩士學位後第一次返台時，老神父為我的創作及各方面良好狀態深感欣慰。有一回甚至聽到他與另一位神父朋友說：「我們的孩子混得不錯。」我知道他無法接受我的生活，但他默認了另一個跟我生活的人。

好景不常，那個與我共同生活七年的人，最後竟然背叛我，走向另一個人。

帶著受創的身心靈，我回到台灣，再度與老神父見面：「神父！你什麼都別說！誰也幫不上忙，此刻，我只請求天主治療我。」

看我一副活不下去的模樣，老神父問我：「你要我給那人打電話嗎？」

「不用了！有你看著我，我起碼不會痛苦到去做傻事。」復原狀況超乎想像中的困難，即使勤望彌撒，甚至做了多次的醫治祈禱，我的體重依舊往下掉，每夜無法入眠。

有一天，我真的不能再忍受了，就對神父說：「你可不可以給我個特權？」神父嚴肅地看著我。「這段時間，我可以喊你Daddy嗎？我覺得自己什麼都不是了，有種強烈需要被保護的感覺，這是我對天主的要求，懇請祂接受我這如此不堪的人。」

「只要能讓你覺得好過一點！你要喊我什麼都可以。當我們受到了傷害，天主要求我們不要躲起來，要對祂開放。」

歷經一段很長的時間後，我終於得以放下傷痛，返回美國處理尚待解決的事。我的人生前面仍懸著一個會要我半條命的大問號。

臨別前的夜晚，老神父對我說：「你還記得你要求是否能喊我Daddy的事嗎？」這回輪到我不好意思起來。「你知道！你教給我一個很寶貴的功課，我當神父這麼多年，第一次深刻感到，只有在人性的愛獲得滿足後，我們才可以真正知覺，明白天主的愛。」老神父突然有點不好意思地說：「我還想呢，若天主真給我一個孩子，我會很高興有你這個Boy！」

過了兩年，我再度回到老神父身邊，生龍活虎，度過共處裡最美麗的時光。老神父的年紀漸邁，無法如早年般開車帶我兜風，但我們可以在修道院裡四處走動。老神父還是那麼保守，我一樣有自己對信仰和教會的看法。很多夜晚，當我外出晚歸時，只要看見他房裡還有燈光，就會進去和他打招呼，告訴他我在外頭做了些什麼，他常在床上被我無厘頭的笑話惹得哈哈大笑。

有回深夜，我又很晚回來，老神父的房間仍有亮光，我開門進去，開玩笑地問：「是在給我等門嗎？」

忘了何時為施神父拍下這組照片，隱約記得是八〇年代末，然而拍照地點卻歷歷在目，那是在嘉義聖言會建好沒多久的教堂二樓，我們邊聊邊拍，拍下了這些精彩非凡的照片。那時與施神父已經是朋友，卻不敢靠他太近，拍照時，終於有機會能夠近距離端詳他的臉。（攝於1990年）

「我看餐廳抽屜裡有一串鑰匙，擔心你忘了帶鑰匙出門，只有在這好好地等你！」我忍不住給他一個擁抱，寒冷的冬夜，我坐在神父床邊與他說話，「過去點！過去點！讓我進被窩和你說說話。」我跟他說我和某個神父見了面，跟他講我的新靈感，他閉上雙眼，一會兒笑，一會兒又搖頭。我猛不防想起多年前，他對我說的：「我要怎麼樣才能教導你謙遜和服從的道理啊？」

再有機會來看老神父時，覺得他真是老了，而且老得非常快。施神父一身都是病，只能待在房裡，哪裡都去不了，多半時間需要有看護來照顧。那次拜訪，我原只有一、兩天的時間，卻一再延遲歸期，足足待了一個星期。我仍成天往外跑，直到臨別的中午，再度把時間往後挪。最後，我恍然大悟對他說：「我知道為什麼我一直延遲歸期！因為我捨不得你。但我又成天往外跑，害怕跟你在這房間裡，因為我一直看著你衰老，看著你生病。神父！眼看著你的生命在流逝，而我卻什麼都不能做。神父！這個天主不好！祂為什麼創造了生命，又要讓他們死亡？這個天主不好！」

返美後，我很怕給他打電話，深怕有天從修院的人口中得知他過世的消息。

隨著成長，我對生命、宗教的疑惑越來越少，再不像從前纏著他問個不停。因為母親的過世，我第一次對死亡有刻骨銘心的感受，卻不知如何在信仰裡找到令我信服的解釋？直到二〇〇六年有機會返台，我再來看老神父。

這回不願老人家等門，我晚上大多不再外出。臨行前一夜，突然有位神父來找我，我還是遲歸了。我對送我回來的神父說：「你在門口等我，我爬窗戶進去，不然我得借你的手機，打電話叫人給我開門！」

就在我爬窗時，待我如親弟弟的神父友人，快速地跑來身邊，「別爬了！老神父在大廳裡坐著等你！」

我非常不好意思地扶神父回房，跪在地上，貼著他的胸膛，他沒有責怪我的意思，只是擔心我的安全。就在我準備離去時，他突然要我扶他起來，說要送我回房。

「你不要這樣吧！我的房間在二樓，我自己會走啊！我不能讓你一個人走回來。」

「你讓我送吧！」我的神父嚴肅地說。

「不然我們去教堂坐坐，祈禱完，你回你的房間，我自己上二樓。」我牽著神父的手走向隔壁的聖堂。

從教堂出來，我準備上樓時，「Nick！」老施神父突然從後面叫我，我趕緊走回來，不解地望著他。「我有話對你說！」神父拄著拐杖，慎重地看著我。

「我們要不要找個地方坐下來？」我擔心著老神父，他突然抓著我的手，仔細地看著我，眼裡閃著光芒，「我的孩子，我的生命就是這樣了，天主一直對我很好！祂一直那麼認真地看顧我，從中國到台灣，我一直待在我童年最想去的地方，我好高興能在這裡生活，為主服務。你要時時讚美天主，我的孩子！你還有豐富的未來，還有好多要跟人家分享的！我相信天主會帶引你，你不要害怕！要快樂勇敢地往前走，不要回頭看！不論怎麼樣，我們都會再見面的。」

「Father！My Dad……」我再也不能自已地跪在地上，領受了老神父最大的祝福。

靜山的夜

有月光的晚上，不知是眼睛的錯覺或心情的反射？好幾回深夜，從我所處的小房間往外望去，修院龐大的園林有如藍寶石般泛著令人喜悅的淡藍色彩！

靜山

靜山每一層樓的東面那頭，都有個陽台迴廊，這是我最喜歡駐足的地方，尤其在有月光的晚上，整個庭院有種泛藍的美妙錯覺，我常在這一待就是幾個鐘頭，絲毫未察覺時間的流逝。源自西方的基督信仰，有很多在待人處事上的道德教誨與要求，然而靜山靜謐的夜晚，竟也能體會到東方老莊哲學中，那種無為的空靈妙趣，它是如此深遠自在，一種無始無終的當下，佛家所謂的「入定」會不會就是這樣的感覺？

在月光的映照下，搖晃的樹影，彷彿在與沉默的大地親密私語，就連平日被塵囂煙滅的蟲唧聲在此刻也變得清晰異常，站在窗邊的我往往因此睡意全消，靈思大開，欣喜萬分。在這靜謐的時空裡，我竟然一點也不感到孤獨，甚至連想找個人來分享這悸動的意念都沒有，佛家所謂的「老僧入定」，是否就是這樣的感覺？

位於彰化近郊的靜山修院與我生命各階段有著緊密的關係。第一次到靜山約是二十多年前的初夏夜晚，我剛忙完一個耗盡心思及所有積蓄的攝影展，並辭去一個令人欽羨的工作，那年我二十八歲，應在社會上全力衝刺的我，隨身除了換洗衣物，什麼也沒帶，來到這位於小山丘上靜得出奇的修道院。

記得在靜山的第一個夜晚怎麼也無法入眠，晚餐過後，廣大的修道院就如園裡一處埋葬著傳教士的墓園，無聲無息，靜得連喘氣聲都可以聽得一清二楚。修道院的四層樓建築，有著上百間房間，沒有電視、沒有收音機，也沒有報章雜誌，房間裡唯一有文字的，是一本我平日不會翻閱的《聖經》。白天沒有用完的精力，在天光仍亮的時刻開始無情地折磨我。這是我與靜山的夜結緣的開始。無法入眠的我，是個不折不扣的夜遊神，為消耗精力，夜半我在僅有一只燭光的教堂內如鬼魅般起舞，將前來祈禱靜默的朝拜者嚇個半死。其實那個時期的我跟野鬼也沒什麼兩樣。在沒有一張名片可介紹自己的情況下，我是個沒有身分的人。

不待別人以異樣的眼光看我，連我自己也覺得無趣得可憎，尤其可怕的是，這裡有用不完的時間，一個小時可以清晰地拆解成六十分鐘，一分鐘又可輕易地點滴成六十秒。在某個不知如何打發時間的夜晚，唯一清楚聽到的是房裡桌上「滴答、滴答」繼續往前走的時鐘，規律而清楚的聲響讓我幾近發狂地衝出房間。晃遊回來後，驚見時鐘只走了一刻鐘，而那「滴答、滴答」彷彿由擴音機傳出來的恐怖聲音仍綿延不絕，像是嘲弄我的存在。

好幾個夜晚，我幾乎想背著行李即刻逃走，逃離這靜如墳場的龐大修院，想把在此浪費掉的時間更用力地關心世界大事，發揮自我，改造社會。

直到多年後，在人生路上轉了幾個大彎後，終於明白當年我亟欲逃走的，不是這座以「靜」為名的修院，而是除了工作、藝術創作之外，卻不知怎麼跟自我相處的自己。

當年到靜山，當然不是為了學習如何與自我相處，而是認真地想為自己的信仰找出路。

第一次覺得自己心靈有重大的問題是在初次攝影展舉行之時，原來單獨觀看的照片，除了顏色飽滿，更猶如一個自成一格的小宇宙。不止一次，我將眼睛緊貼著放大鏡，透著光，仔細端詳這批即將展出的幻燈片，被刻意覆蓋在紗布下的人物巧妙地與背景融為一體，呈現一股「欲語還休」的超現實張力。這批令我得意的作品整體展出時，那一個個被懸掛在牆上的人物，竟像作繭自縛的幽靈，華麗而蒼涼地展現著自虐的情緒，除了沒有救贖可言，我頭一次在自己的作品裡看到了死亡的訊息。

我當下深受震驚，覺得再這樣下去，勢必引火自焚，成為一個自傲、自憐又極端不快樂的藝術工作者，這可不是當年我投身藝術的動機。伴隨我成長的上帝，在我大學時期同性愛的渴求越來

教堂的走廊

這張照片攝自於修院二樓的教堂門口。靜山的教堂不算漂亮，甚至，裡面有尊聖像非常難看（難怪許多宗教都不鼓勵崇拜偶像）。我常一個人半夜在這小教堂裡輕輕唱著聖歌，翩翩起舞，深夜的小教堂讓我體會到身心靈的合一，在這裡，我願相信祂的臨在，就是這一份相信也可當福分看待，芸芸眾生就連我自己，有時要保持這份相信竟也是如此的不容易。

靜山的樓梯

靜山的景象不算奇特，但因為不再被時間追趕，很多不起眼的角落都值得被細心品味，神采飛揚。這張有著抽象塊面及線條的照片，攝於靜山的樓梯間，簡單的幾何空間被光影點化成一頁百讀不厭的詩篇，我們是否也能自平凡的生活裡擷取這樣的美麗感覺？只有在靜山，當一切都放下後，才驚覺一杯白開水若能好好地、慢慢地品嘗，竟也是滋味無窮。

越明顯時，變成一個整天用罪惡感折磨我的魔鬼。大學畢業多年後的攝影展，讓我第一次有機會看清這問題對我造成的困擾，同時深刻感到是與這滯悶信仰攤牌的時候了。

攝影展一結束，我寫信給靜山一位素不相識的神父：「我很想為自己的性傾向在信仰中找出一條合理的出路，但若您只會像一般神父給我標準答案和陳腔濫調的建議，就請您別浪費時間，直接拒絕我的請求！」

「渴望你的到來！」幾天後，我接到神父的回信。我與馬志鴻神父，以及靜山修院二十多年的關係，就此開始。

自小我就是個宗教傾向非常強烈的人，成年後，我嘗試由各種知識剖析這看似不理性的傾向，直到有天我了解藝術靈感也是無法以理性分析時，恍然大悟，靈性的嚮往是與生俱來的，用不著再費力解釋。

「上帝」是什麼？萬千人裡可找到萬千種解釋。

對我而言，我對「上主」的形象大多是來自童年主日學的教導，那時期的上帝有點像是童年時期的父母親，賞罰分明後面有種不離不棄的慈愛與無法割捨的牽連。長大後，我與上主的關係在這擬人化的倫理體系裡變得無法運作，尤其當性傾向問題長期與教會的教導相牴時，這衝突就在我內心累積了難以計數的負面能量。

到靜山修院之前，我已多年無法關燈入眠，總覺得黑暗中有千萬隻不友善的眼盯著我，為此，夜半時分進入修院裡的教堂也令我感到不安。這真是諷刺啊！在一個天主教的靈修中心裡，我非但無法感受上帝的愛，反而更清楚體會到黑暗噬人的力量。

靜山的夜晚，對我而言，既闇黑且漫長，除了內心不安，實在界的現實壓力也讓我疲於應付。我不止一次懷疑，每次到靜山是否為了逃避現實的壓力？在一個由漫長時間架構出來的空蕩空間裡，我內心的疑惑和恐懼無從逃避，變得更加激烈。

多年以後，我逐漸明白心靈受過傷的人，難與他人建立親密關係，遑論抽象的天主？我渴望能回復童年、青少年時對上主全然的信任，直接得到祂的觸動，卻又懼怕「祂」而全然不覺。當我有機會掙脫黑暗的束縛時，方才了悟：要在這段看似無邊的暗夜裡，我才能體會到人的心靈有如浩瀚無邊的宇宙，它可以星光滿天或被無盡的虛無包圍。（掙脫過程將於〈一次神聖的經驗〉敘述，因為這不是在靜山發生的。）

忘了自何時開始？我終於能享受靜山的空與靜。

除了剛開始為證明自己，偶爾會帶著創作成果到靜山外，多年來，我從不將任何工作帶到靜山，反而是在每一次重大的工作告一段落後，想盡早來此將自己全然放空。因此得到了一個心得——世界上不會少我一個就變得更糟，有天當我進入天堂大門時，也用不著準備一份履歷表。

在能聽到清楚回音的建築空間裡，是無法讓人快步活躍的。每到夜晚，修道院會將飼養的狗放出來在大庭園裡嬉耍。我在靜山夜晚的動線相當單調，有機會就到神父的辦公室談談，再不然就是在教堂活動了，幾乎不會有戶外活動。

黃昏－1988年攝影展

無法理性分析的藝術直覺，往往跑在人思維理解的前頭，我當年樂此不疲的拍這系列被紗裹身的影像，只覺得美得教人屏息，直到攝影展揭幕，看到一系列如被繭束縛的影像時，才發覺內心如此壓抑而不自知？原來那有著絢爛光影與乖張色彩的薄紗裡，竟有個鬱悶、亟待被解放的靈魂。身而為人，若不是運氣太差，大多有選擇的自由，我決定前來靜山與這壓抑正面交鋒，也終於獲得破繭而出的機會。

好動的性格使我難守靜默，為不打擾到別人，我總在半夜眾人就寢後到教堂，在黝暗的教堂裡，喃喃自語地望著祭台背後的十字架。懸掛在十字架上的基督，在午夜時分，靜悄悄地，像是守夜人、像是側耳傾聽的聆聽者。幾回受不了這樣的寂靜，我帶著挑釁口吻質問祂：「為何容許這世上如此多的惡事？為何讓我碰上難以招架的挑戰？」我像一個不講理的小孩，坐在那兒等祂給我一個交代。窗外樹影搖晃，祂給我的唯一答覆仍是無盡的沉默。

你一定覺得我瘋了，這樣的信仰還有什麼意義？

沉默的背後，我終能知覺自己擁有一個選擇、一個任何人都無法剝奪的自由。我清楚地感到：若我真的放棄了某些堅持，生命將不再成長，而且隨波逐流的生活，只會帶給我更多的煩惱。

從第一次到靜山，轉眼已過了二十年。從單純為自己的性傾向在信仰中找一個合理的出路，漸次跨越了由人、制度架構出來的重重藩籬，最後反而可以懷抱幽默感地凝視自己。在這幾個漫漫長夜裡，體悟我在實在界的角色與所作所為，有些成長的經歷值得玩味、值得感恩，卻有更多的事，根本不值得一提。

我在晶瑩剔透的夜裡體會到時間的深度與廣度，有幾回，更突發奇想，好像只要用一把小小的尺就能丈量出天上與人間的距離，在風雨狂舞或星光滿天的背後，還有一個言語文字無法解釋的世界。

「靜山的夜透著一股淡藍色的喜悅！」當我享受「剎那即永恆」的瞬間，新的一天不知不覺又開展了！

一次神聖的經驗

我從未對外人分享過這經驗，它太個人了，而且受限於文字語言，會讓人以為是怪力亂神甚或神通的經驗。

你有沒有過任何神聖的經驗？

也許你會先問「神聖經驗」的定義是什麼？這真的很難回答，我相信熱戀中的男女在愛情得到答覆時，也同樣有神聖的感覺。

這樣吧！我對神聖經驗的定義是：一種超乎人性思惟的特殊體驗（這可不是指嗑藥），它讓你瞬間明白生命的價值，獲得重生，深刻感到被愛——而這種愛並不是男女之間夾雜著狂烈情緒的愛，而是讓你自心底無條件地接受自己與愛自己。

我相信質地優良的心理治療能達到這樣的效果。這次經驗卻不

大學時代第一次個展作品

這批幻燈片距今三十多年（1982年），卻有種恍如隔世的感覺。初生之犢不畏虎，有的是揮霍有餘的精力與批判火力。這些以「人間」為題的畫作，張張是巨幅之作，為首的一幅在十字架正中心插了幾把刀子、直頂天花板，鮮血從刀子裡汩汩流出，十字架背後拼貼了多幅以戰爭及難民為主題的美國《時代》雜誌封面和新聞週刊。我原先以這幅畫控訴世人對正義的污蔑。直到多年後，我才明白流血的十字架在在顯現我原生信仰的動搖。

TIME
America and Russia Where They Stand
TIME
High Noon for America's Allies
TIME
ASIA An Uncertain Course
MAN OF THE YEAR
TIME
After the Summit
TIME
Now the Great Debate
SALT
TIME
After Tito: Tension
TIME
Iran Now the Power Play
TIME
JOHN PAUL, SUPERSTAR
TIME
Moscow's Bold Challenge
TIME
Showdown in Iran
TIME
Squeezing the Soviets
TIME
The Church in Shock
TIME
STORM OVER CUBA
THE MIDEAST IN AGONY
TIME
THE GROWING TRAGEDY
TIME
Iran in Crisis
TIME
Poland's Angry Workers
TIME
WHAT PRICE OIL
TIME
Strife in South Korea
Blackmailing the U.S.
TIME
Diplomacy in Crisis
Newsweek
Gunning for the Russians
Vietnam Today
Newsweek
Back to The Cold War
TIME
THE TEST OF WILLS
TIME
Britain's Race Crisis
Newsweek
Gunning for the Russians
Newsweek
Heading For a Showdown
Newsweek
Defending the Oil Fields
Agony Of The Boat People
Newsweek
Italy's Trial By Terror

是因為心理諮商，而是我的宗教體驗。

從沒有對外人分享過這經驗，總覺得它太個人了，再加上文字及語言的限度，我很擔心藉由文辭敘述的分享，會讓人以為是近似怪力亂神甚或神通的經驗。

為什麼終究還是把這篇文章放進這本書裡呢？畢竟這本講述我、神父朋友和信仰歷程的書，沒有道理忽略這一段，因為它治癒了我受傷的心靈，內化了我的信仰，更改變了我未來的生命。

在前文〈靜山的夜〉提到，我多麼渴望親近上帝，內心卻畏懼祂而不自知。在一個深受保護、倫理體系清晰的童年信仰裡，周遭所有一切都是如此理所當然，就像是伊甸園裡的亞當、夏娃，什麼可以做？什麼不能做？只要照規矩來，不用懷疑。長大後，尤其是性的意識開始萌芽，不待有機會吃到智慧之果，一種原生的、來自身心靈深處的意識逐漸在心中覺醒。

《聖經》有不少歌頌男女之愛的故事、詩篇，在〈創世紀〉裡，女性是以男性的一根肋骨做成的；而同性愛呢？幾乎都被描繪成一種污穢，甚至會受地獄之火懲罰的惡行。

大學時代，這些教導對我造成強烈的陰影，當同學們開始結交男女朋友，獲得來自家人、朋友的支持時，除了壓抑自我，我的內心孕育著龐大的罪惡感而不自知。那時我與教會的關係是充滿虧欠的，甚至在某些暗示裡，我覺得天主不會愛我，無論怎麼做都無法獲得祂的諒解與關心。

年輕的生命應該浪漫而天真，然而好幾度身心靈不得平衡時，我覺得自己快活不下去了，更可悲的是，這些事全不能對外人講，包括自己的父母。

我是個活潑、外向的人，卻被這道陰影籠罩著，讓我不快樂，幾乎變成一種潛意識的分裂人格。第一次攝影個展時，我清楚地在會場裡發現：在眾多肯定與讚美的背後，內心深處竟是這樣自卑。

抽絲剝繭，逐漸了解這份自卑來自於我從不對外人透露的同性愛。究竟是誰讓我感到自卑？這社會嗎？算了吧！高一時，我六科不及格，慘遭留級的處置也從未打擊過我，反而為大家在高壓體制裡浪費生命感到不可思議。最後我終於了解，這份自卑是來自於教會的教導。

這也是為什麼攝影展一結束，我就到中部的修道院。

我對神修老師相當開放，卻仍在一個熟悉的教會體制中尋求平衡，從不敢直接探詢天主的看法。那一年，我是個不折不扣的分裂者，以今日心理學角度，當時我極力進行身心靈的整合，說來容易，卻是一場混亂，那是個血淋淋的過程，我常被撞得一身是傷。

斷斷續續到修道院，一年後，我沒有獲得太多的突破，內心深處仍是陰影重重，就寢時更不敢關燈。直到那一次神聖的經驗發生時，我才明白，原來這跌跌撞撞的過程是邁向整合的過程，而且是最重要的部分，所有的一切是為那空前的經驗做準備。

某個春夜，在嚴重的焦慮狀態下，我逃出靜山，繼續往南行，隨身帶著《新約聖經》和一位天主教神父寫的有關「聖神治癒」的小書（這實在是一本難以招架的書），裡面都是這位神父所處理及引述的個案。書中唯一讓我思考的是，神父說當人的心靈受過傷害時，或多或少都會影響當事者的心靈，進而影響到那人對生命和自己的態度，可惜的是，大部分當事者也許是遺忘，也許

TIME
Taking Charge
GRAIN AS A WEAPON
Moscow's Bold Challenge
MAN OF THE YEAR
TIME
FLYING HIGH
TIME
INTERFERON
The IF Drug For Cancer
Carter vs. Inflation
TIME
Diplomacy in Crisis
U.S.S.R.
TIME
West Bank Fury
Begin's Hot Spot
Who Is This Man
TIME
TIME
After Tito: Tension
THE SHOW OF SHOWS
TIME
The Carter Presidency
TIME
WHODUNIT?
TIME
Coping with Billy
TIME
GETTING IT TOGETHER
TIME
Europe's Nuclear Debate
Showman Of Science
THE GULF WAR
Digging In
TIME
WAR IN THE GULF
TIME
Holding Turkey Together
TIME
AUSTRALIA
TIME
ELECTION SPECIAL
A FRESH START
WASHINGTON
TIME
NOW
THE CHOICE
SATURN ENCOUNTER IN SPACE

人們

這是另一幅完全以《時代》雜誌為題的作品，作品由左至右依序貼上1980整年的封面。《時代》雜誌上與背景相融的三個黑白人影，代表浮世眾生。最左邊戴墨鏡的那人沒有鼻子、嘴巴，象徵世人視而不見的冷漠。最右邊的那人張著一張大嘴演說，象徵有些人光說不練。中間只有鼻子的那人象徵多數人只是依靠本能一吸一呼，什麼也不做地活著。三十多年後，在成千上萬的幻燈片中，重新檢視這批片子，有種隔世之感，而畫中當年所批判的現象，今日豈不依舊存在？我不免感嘆自己的變化，當年的我是如此咄咄逼人，而今我最大的改變就是有了從前所沒有的包容之心，那包容的廣度不僅是包括了別人，而是對什麼事都有看法的自己。

是太痛苦，都會極力否認這傷害而不自知。

多年後接觸心理學，才明白這位神父所採用的是另類心理治療，而他相信聖神的力量，我呢？我不相信！我覺得這一切沒有理性，而且近乎迷信的恐怖。

那個星期，我陸續逃離關心我的神父，一個接一個。最後決定去拜訪一位學長，原為無神論的學長不知何時竟信奉了基督教？一見面就極力向我布道，說他如何得救云云，並且提到這本書。我幾乎快精神崩潰地對他說：「饒了我吧！我來看你就是不想再談信仰的事。」熱切的學長卻談得比任何修道人更絕對、更興高采烈，我覺得他是中了毒、著了魔。隔天一早，我又逃離了學長，請他千萬別為我祈禱，天知道他會祈求些什麼？

我來到嘉義中埔天主堂與老爹（田神父）見面，將這星期所見所聞（包括學長近乎瘋狂的行徑）向他報告。我很慶幸天主教畢竟可以理性一點，不像某些基督徒狂熱得令人尷尬。

次日有位教友到這荒廢的教堂拜訪老爹，這位中年女士不停地對老爹抱怨她無以為繼的婚姻，說她有時不能自已地想拿刀砍人，縱使有其他教會姊妹為她做醫治祈禱，但不消幾天，她的精神又更加狂亂起來。

女子走後，我對老爹說：「那女子身上有魔！」

老爹甚為驚駭地看著我，「你怎麼可以這樣說？」

「我讀了那本聖神治癒的書，書中是這樣描寫的啊，你瞧那婦人的眼睛轉啊轉，幾乎無法聚焦，」我促狹地對以哲學家自居的老爹說，「她不是說了嗎？只要有人為她祈禱，她就可安穩個幾天，但最後又身不由己，想拿刀砍人！」老爹一臉狐疑地看著我，不知道我在胡扯什麼？

當晚老爹外出後，我一個人坐在教堂的交誼廳裡，第一次認真地拿起這本神修小書來讀，我放下個人思惟，按照書中教導，認真地體悟這本書在寫什麼？順著書的指導，我開始進行一種近似默禱的觀照，除了房間裡的燈，外面一片漆黑。

觀照我的內心，觀照我與天主的關係，我從未如此做過。我熟悉從實在界（如教會）找尋我的信仰位置，藉著教會的儀式與活動來答覆這信仰的要求。我不敢也不習慣如此無聊地、直接地、赤裸裸地觀照自己，突然間，有個念頭閃過：我已經很久不相信天主和祂的慈愛了。

大學二年級時，我在學校舉辦以「人間」為題的個展，這一系列作品瀰漫著我對世界不平與對信仰無力感的控訴，我將自己化身成一個如幽靈般的影子貼在牆上，象徵著人類的疏離與自溺。在創作的那一整年裡我幾乎夜夜做噩夢。而今想來，從那時起，我對天主極端失望而不自知，日後的同性愛問題只是雪上加霜，變得更模糊。

在黑暗裡，閱讀著這本小書，我清楚地感到自己多年來的口是心非、不信上主，於是驚懼得渾身冒汗，甚至害怕被邪魔入侵。萬千個念頭浮出腦海，像黑洞般吞噬著我，而內心盤據著一股令人不舒服的惡勢力嘲弄我的存在，而且比我的上帝還具體，它直截了當地告訴我：「你的天主早就不存在了，這一切都是你的想像。」我不禁嘔吐，吶喊，渴望獲得天主的拯救。另一個念頭冒了出來：「你算老幾？你的天主不會管你的，你是個極度可笑的人。」

幾近崩潰，我獨自在教堂的小交誼廳裡窮轉，奮力地將失控的自己穩定下來。我可不願老爹回來後發現地上躺了一個人，或是發現一個口吐白沫的人以猙獰的雙眼瞪著他。我極力將自己情緒平復、恢復正常。當我這麼做時，發現那股邪惡的力量全被我壓了回去，我可能再也找不著釋放的機會。

好不容易老爹回來了。他看到我奇怪的樣子。

「老爹，我身上有魔！我想把他驅除。」我平靜而嚴肅地對老爹說。

「你幹嘛了？怎麼回事？」老爹極為緊張。

「我趁你不在時做了默想。老爹，這一年來我都在尋求上主，但你知道嗎？此刻我才發覺，我根本就不信任祂，我甚至恨祂，祂讓我這麼不快樂！你那該死的教會把我當罪人，暗示我不是個值得被愛的人……」像失去教養般，我把對教會和天主的憤怒一股腦地講了出來，我會為此下地獄的。

老爹睜大雙眼，不知道我在說什麼？

「你知道嗎？」我繼續說著，「我剛才體會到那股惡勢力，但是我怕我會崩潰，我要維持身而為人的自尊，我可不想讓你看到我失控的面目，我把這勢力壓回去了！」

「這是什麼意思？」老爹更不懂了。

「我要你幫忙，我要把這股惡勢力趕走，我不許它再嘲笑我，我要見你的天主！今天我要不經由你這個教會，直接見你的天主！」我的口氣變成憤怒。

月光與對談

很難想像創作時我只有十八歲。然而畫作的疏離感卻是真實的心境，右圖的「遠方」，兩個遙遙對望的人影道盡了內心孤獨；在左圖的「月光」裡，窗外的人影，象徵著人們多麼渴望親密卻又不敢叩門而入。

如今回頭檢視這批作品，我竟發現自己的創作風格從那時就成形了，就是到現在，我所有嚴肅性的專題攝影，全都是以水平、主題位於中央的構圖來拍攝，而且畫面顏色濃烈飽和。

人生是無止境的學習與成長。這批畫作的主題與風格不自覺地綿延好幾年，只是當年往外瞧的批判火氣，演變成日後攝影展裡影像華麗卻瀰漫無力感的自溺。能有機會冷眼凝視自己一路演變的過程，真是個福氣，因為這些自我中心的創作，在漫長過程中，很有可能讓人憂鬱上身或是滅頂，再也振作不起來。這批作品因沒有放置地點，全數扔掉了，還好當年同學為我做了深情的記錄，不然連我自己都遺忘了。附帶一筆，那個午後，同學拍完照在收器材時，告訴我，他是色盲，為此他通常只拍黑白攝影。

「那我們現在就開始！」老爹握著我的手說：「來，我們來祈禱。」

「你不可以離開我。」我恐懼不已地對老爹說。

「不要怕！我會把你看緊。」老爹的保證仍無法讓我安心。

為了不想讓老爹看到我的表情，我站起來把燈關了。我緊抓著老爹的手跪在地上，開始不停地在心中默禱：「天主！我想見祢，為什麼我都找不到祢，為什麼我沒有那種看起來像經神病發作般的神恩經驗？」

廣大的中埔天主堂庭園淹沒在黑暗之中，窗外經年未修剪的樹影像漸進的巨浪襲捲而來，樹影後的月光趁隙灑入室內，具體輝映著兩個跪地的怪物。屋外的蟲唧聲越變越清楚，有若百萬人演奏的交響樂，在蟲唧聲中，我聽見自己的心跳聲規律和有節奏。當我越想專心祈禱時卻越聽到那份嘲笑，恣意而放肆。

「你是不是有精神病？你瘋了嗎？這些舉動算什麼？就是有上帝，祂也不會在乎你的！」一段時間後，我漸漸放棄，放棄這一切荒謬地舉動。就在恍神之際，一股強大的熱流從我腳底穿入，威力大得將盤桓在心中極久的惡勢力全數驅逐出去。我被擊倒在地，放聲大哭。

「你怎麼了？」老爹嚇壞了。

我不知道嬰兒出世時為什麼哭泣？但我小時候為一隻小狗的死亡哭了半年，而此刻生命歸零，我只想讓自己哭得痛快。

「你是不是不舒服？」幾乎將我擁在懷裡的老爹更緊張了。

「He answered me ! He answered me !」我抽抽答答地回答他。像老爹一樣，你一定很想知道祂究竟回答了我什麼？若不是那股熱流，我是永遠不會明白這些道理的。

「祂溫柔地告訴我，誰說我不愛你？若我不愛你，這個跪在你面前陪你祈禱的傻瓜是誰？若我不愛你，這一路從南到北一直強留你的是誰（我想起學長）？是你在逃跑，我從沒有離開你。為什麼你沒有神恩的經驗？因為你從沒有求過。小朋友，若沒有準備，那經驗會把你嚇壞的。」我哭得更激動了。

熱流驅散了黑暗，更治癒了我經年累積自社會、自我和教會的傷害。我的心靈雙眼彷彿被打開了，從此刻起，我將會有新的人生視野！就算有了這神聖的經驗，我不覺得這一輩子會平安無事，永保喜樂，甚至不再犯錯，但我相信，不論碰到什麼問題或犯了多大的錯，祂都會陪伴我，不會離開我。原來實在界的生命是可以再生的，我要開始一個全新的生活。

那一夜，我回到了多年沒有人居住、滿是霉味的房間裡。就寢前，我終於關上房間的燈。在黑暗裡，第一次體會到，原來我不孤單，那些不友善的眼睛全不見了，因為我知道在那個神聖的瞬間，祂在我心裡點燃了一盞永不熄滅的燈。那道不死的光，將驅散我心靈所有的黑暗，讓我積極地擁抱生命。

我的傳教士攝影專題

從事攝影創作多年，我從未放棄過任何一個進行中的題目，而「台灣的外籍傳教士」卻是例外。這個專題在心中徘徊許久，有好多年，只要一想它，我就渾身不自在。

溫安東神父（Fr. Anton Weber, 1937-）

來自德國的溫安東神父在嘉義阿里山鄉特富野天主堂服務多年。溫神父的鄒族語講得相當好，他甚至編著了鄒語版的《聖經》。這個天主堂當年是另一位德籍傳教士傅禮士神父開教，傅神父將他生命的餘光傳遍整個阿里山鄉，並以他所能得到的資源幫助百姓。傅神父的胸襟既偉大又浪漫，他的種種義行啟發了很多人，卻隨著大環境的改變，逐漸被人遺忘在時光長河裡。
（攝於1990年）

我從不會逃避挫敗，為減輕遺憾，幾度興起重拾相機把專題完成的念頭。但每回只要一開始，好不容易沉澱出來的觀點，就禁不起考驗，變得模糊起來，像是缺塊的拼圖，每當畫面有個輪廓時，卻發覺缺角更多，永遠完成不了。

一九九一年發表「老家人」後，我全力投入「外籍傳教士」的攝影專題。身為天主教徒，我對這些修道人遠渡重洋，信守神貧、貞節、服從的生活感到好奇，再加上童年聽來的道理，我相信他們是天主揀選的人，擁有「天國的祕密」。

除了先入為主的概念，外籍傳教士來此服務的種種善行軼事也令我景仰，他們總給人善良、內心充滿喜悅的印象。我很想經由他們加持信仰和對人生的看法，此外，我更想藉這個專題來光榮我的天主。

經驗裡，每一個無酬的藝術人文專題在拍攝之前，我必須找很多意識形態來激勵自己。以當年拍攝「老家人」為例，我以很多偉大的口號自我催眠，付諸行動後，卻因與被攝者想法落差太大，使我產生懷疑：這種拍攝究竟是為了滿足自己的想像，還是一種尋找真理的創作與實踐？「老家人」得以順利進行，是因為我找到了一個猶如天助的法門，透過鏡頭，我不用多說什麼，讓被攝者訴說他們自己。

這種將自己架空的拍攝態度，用來對待神父們時，顯得困難重重。這群守獨身誓願的傳教士除非有活潑開放的個性，否則非但不習慣談論自己的感受，更對敏感話題感到不舒服；再加上，在倫理體系強烈的教會中，身為一般教友，我已習慣仰望這些人，別說他們放不下身段，就連我想

溫安東神父

溫神父律己甚嚴，九〇年代初，他來往嘉義及山區的交通工具，仍是一輛老舊的摩托車。我在阿里山特富野寫稿期間，每天清晨五點前，溫神父都是一個人在教堂裡默想、恭讀早課，無畏室外的嚴寒。某天我起個大清早，想沾沾神父的神恩靈思，沒有任何體驗的我，隔天就恢復晚睡晚起的生活習慣。溫神父三十出頭就在山上服務，幾十年的時光，台灣社會有了翻天覆地的變化，藉著他們的故事，我想為自己找一個安身立命之道，甚至幾度以他們單純信仰卻與社會脫節的觀點非難於他。直到有回，我厚臉皮地乘坐他的摩托車，沿著崎嶇不平的山路，從特富野大老遠地到理佳這部落做彌撒時，我的想法才有了改變。好不容易抵達理佳的小聖堂後，裡面只有三、五位年邁的教友在等待神父，若以投資報酬觀點而言，這樣的教堂還是廢了好些。
彼時，我總希望像溫神父這樣在深山服務不求聞達的人能提供他們的信仰，為這急速轉型的社會找尋出路，因此沉默的溫神父很多時候總受不了我的聒噪。從理佳回來的路上，我抬頭驚見了穹蒼裡璀璨無比的星光，一顆顆燦爛的流星自天際劃過，突然覺得：人類的歷史若與天上的光年比較起來，比一顆小小的流星還不如。溫神父不是先知，頂多只能遵循獻身的信仰、真誠地活出自己，自那時起，我除了對他肅然起敬，再不會問他任何有關如何改變社會的問題。（攝於1990年）

穿越體制、縮短彼此的距離，也覺得不自在。

原先用來支撐拍攝專題的想法與動機，猶如一座懸在我與這些被攝者之間的空中閣樓。他們下不來，我也上不去。

拍攝計畫前後持續了兩年，除了某些特殊機緣，我的工作是不順利的。要獲得他們首肯拍照相當困難，更別提觸及某些敏感的問題。

我深愛這些難得拍來的照片。這些修道人的確有種與眾不同的氣質，有幾位老神父臉上所散發出的光芒，只能用「來自天上的祝福」形容。正是這股吸引力，讓我幾度想終止這個專題卻又情不自禁地拿起相機。

拍攝過程，我不斷調整自己的想法，終於還是遇到難以招架的考驗。

我為一位受人尊敬的神父拍照，他的成就非凡，德高望重。但我老覺得他對即將消逝的生命充滿不安。老人在醫院臨終時，懼怕死亡，孤獨地撐了幾個月。我內心受到了空前的衝擊，甚至有種被出賣的感覺。自小在一個什麼都可以找到解釋的教會中成長，簡直無法相信一位畢生奉獻給信仰的修道人對死亡如此畏懼！

另一位神父帶給我的印象，同樣令人傷心。這位神父終於答應讓我拍照，最後卻讓我按不下快門——他實在太不快樂了。我很難想像旁人看到這樣的照片會有何感想？我害怕對這制度已動搖的信仰會讓我滅頂。

賈斯德神父（Fr. Karl Stähli,1937-）

賈斯德神父是白冷會士，我並未在〈卷一：海岸山脈的瑞士人〉文裡提到這位可愛的神父。來自瑞士的賈神父長期在南橫的桃源鄉服務，那兒的教友幾乎都將賈神父視作家中的一份子。他常常一個人開好幾小時的車，只為了去看一位遠離家鄉的教友。賈神父從不向人傳教，他是那麼的熱愛生活、熱愛生命，若你有機會碰見他，他會告訴你，他所處的桃源鄉是世界上最美的地方。對我而言這些人都不是傳教士了，因為他們對這塊土地的熱愛與了解勝過了萬千土生土長的本地人。（攝於1993年）

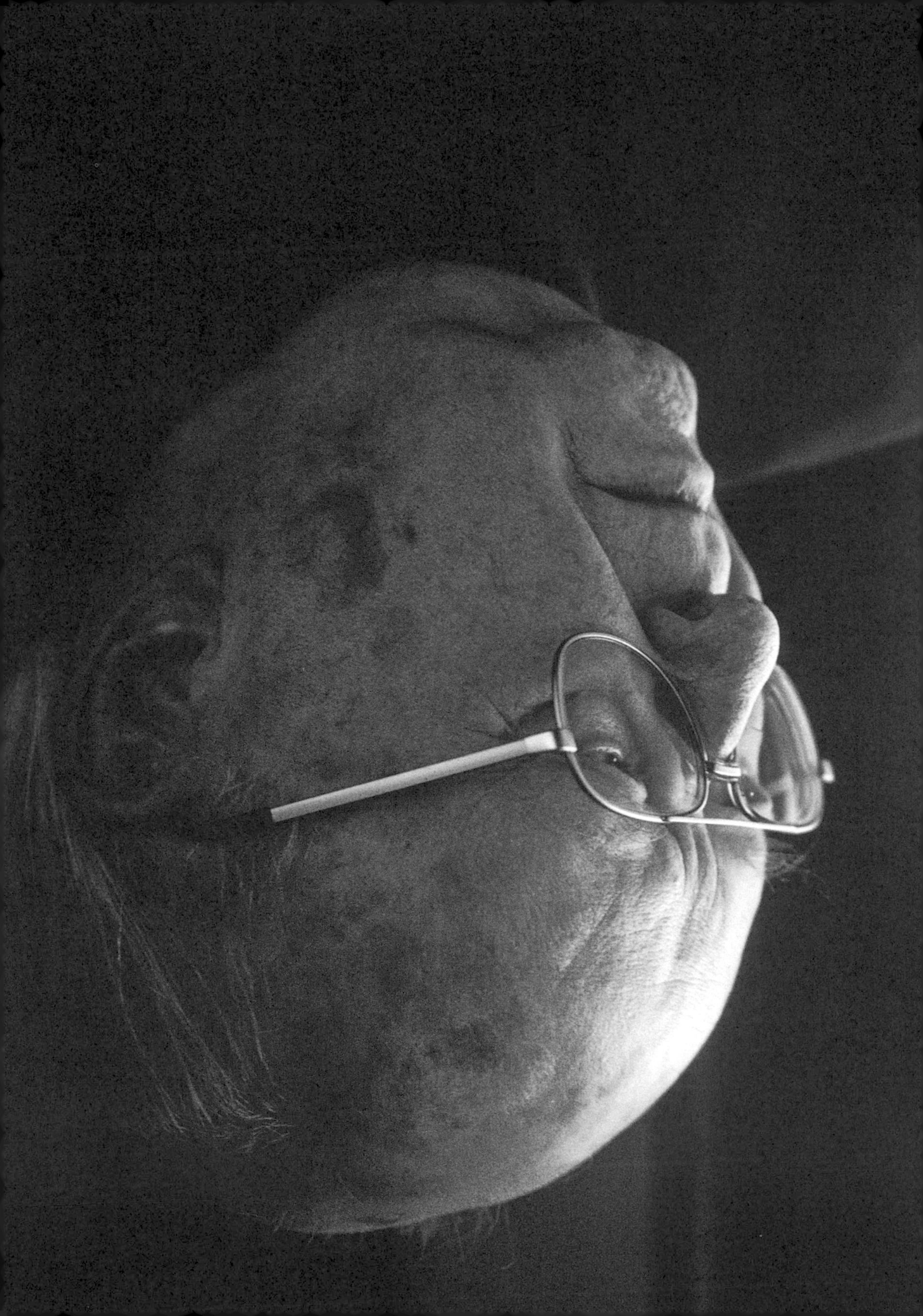

梁默嘉神父（Fr. Macarius M.Mueller, 1912-2003）

我對德籍梁默嘉神父最初的印象是他的原名「Markarius」，這個名字在拉丁文是「陽光」之意，而他待我的態度真如陽光般溫暖。那個寒冷陰鬱的冬日，我抵達他的教堂後，他體貼地泡了咖啡為我驅寒，在光線微弱的廚房窗邊，拍下了這張連我自己都非常喜歡的照片。我很喜歡與心情明朗的老人相處，他們的肉身急速地衰退，精神卻因生活歷練而變得益發明亮，散發出一種讓人如沐春風的氣質，使人對崎嶇的人生道路充滿信心，進而產生一種美麗的永恆。我與梁神父就只有這麼一面之緣，他逝世多年之後，每回只要一想起他來，總會情不自禁地默念著他的名字，像陽光灑遍全身的溫暖頓時自內心升起。（攝於1992年）

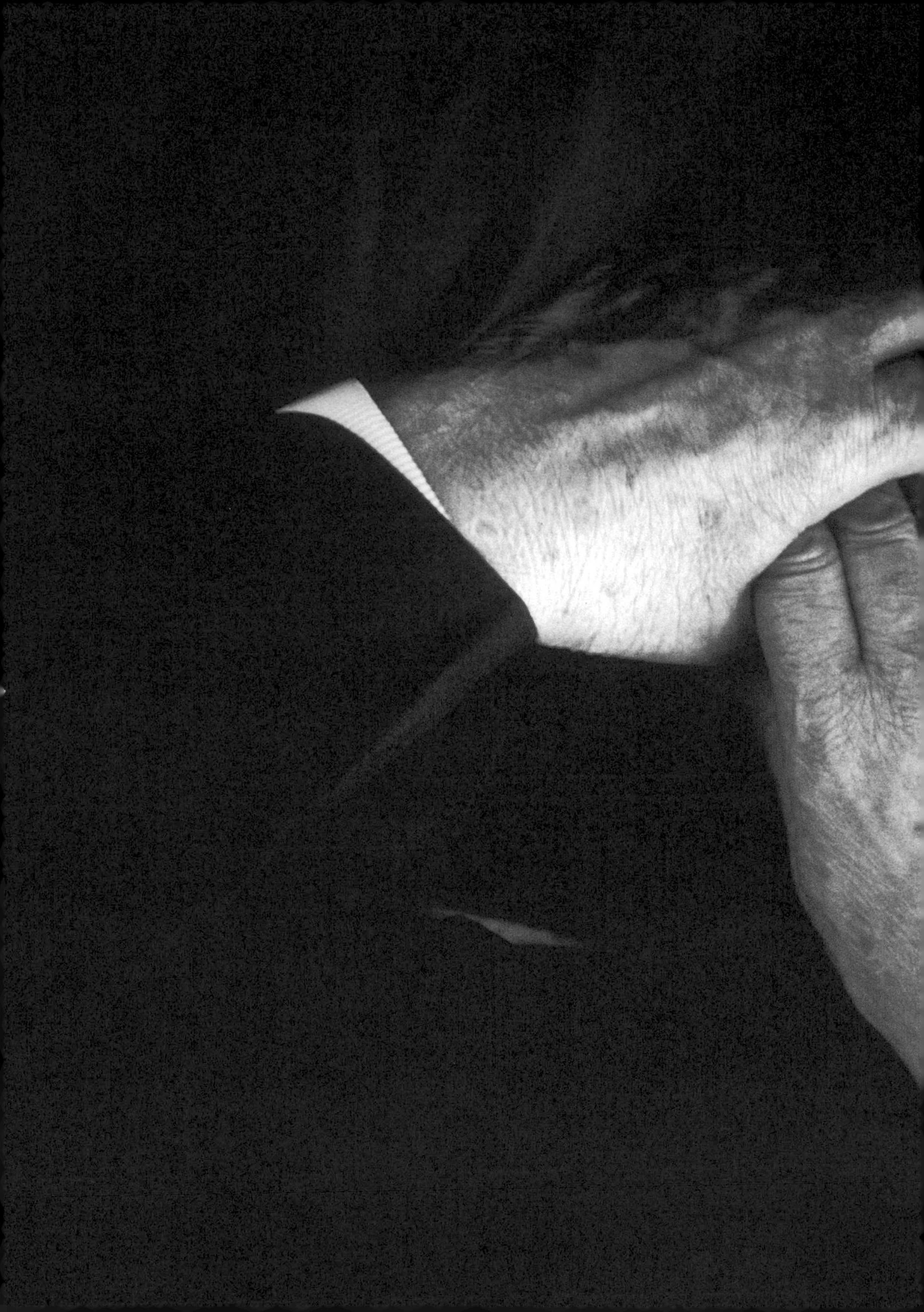

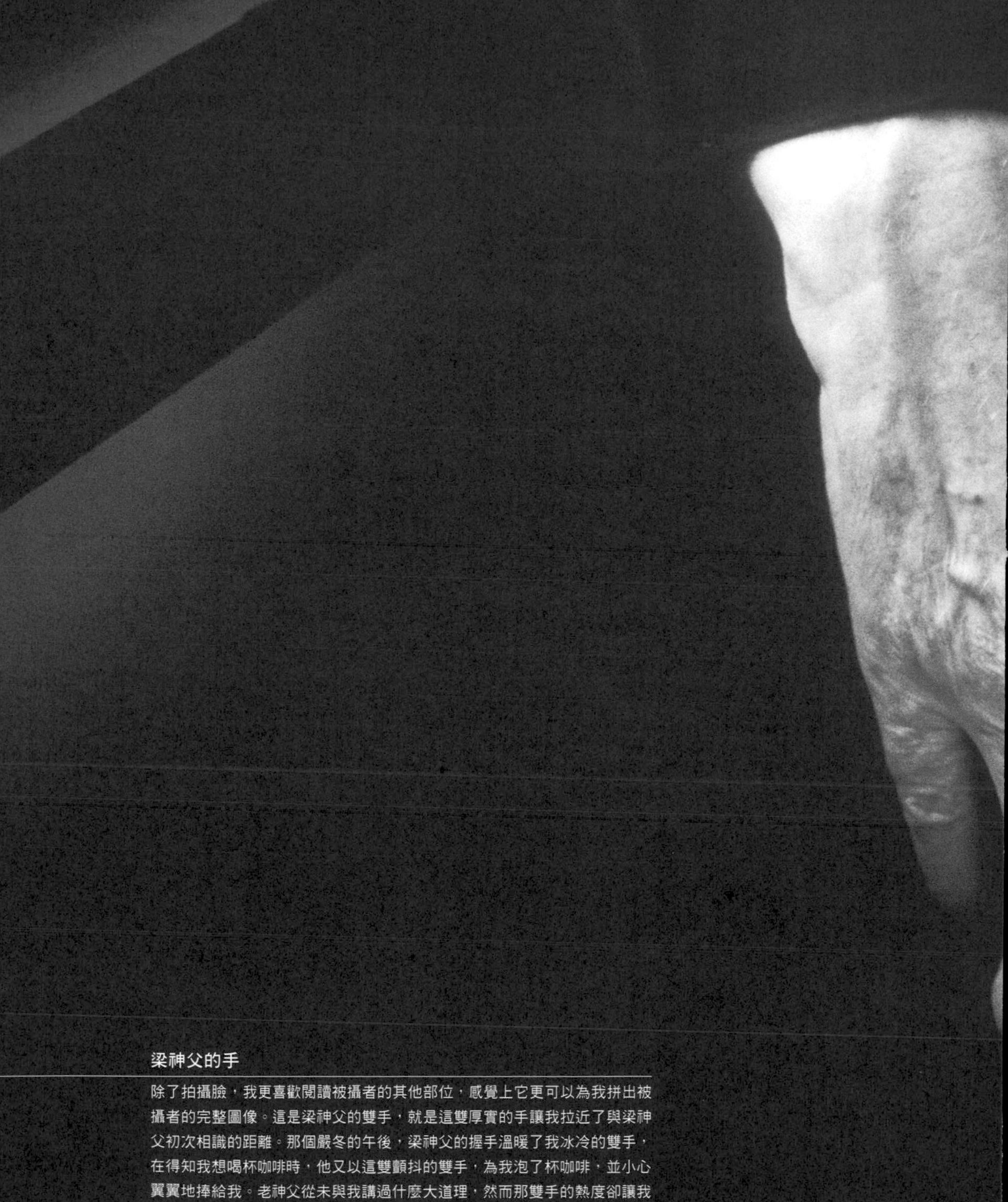

梁神父的手

除了拍攝臉，我更喜歡閱讀被攝者的其他部位，感覺上它更可以為我拼出被攝者的完整圖像。這是梁神父的雙手，就是這雙厚實的手讓我拉近了與梁神父初次相識的距離。那個嚴冬的午後，梁神父的握手溫暖了我冰冷的雙手，在得知我想喝杯咖啡時，他又以這雙顫抖的雙手，為我泡了杯咖啡，並小心翼翼地捧給我。老神父從未與我講過什麼大道理，然而那雙手的熱度卻讓我在梁神父逝世多年後，仍十足想念他，無法忘懷。（攝於1992年）

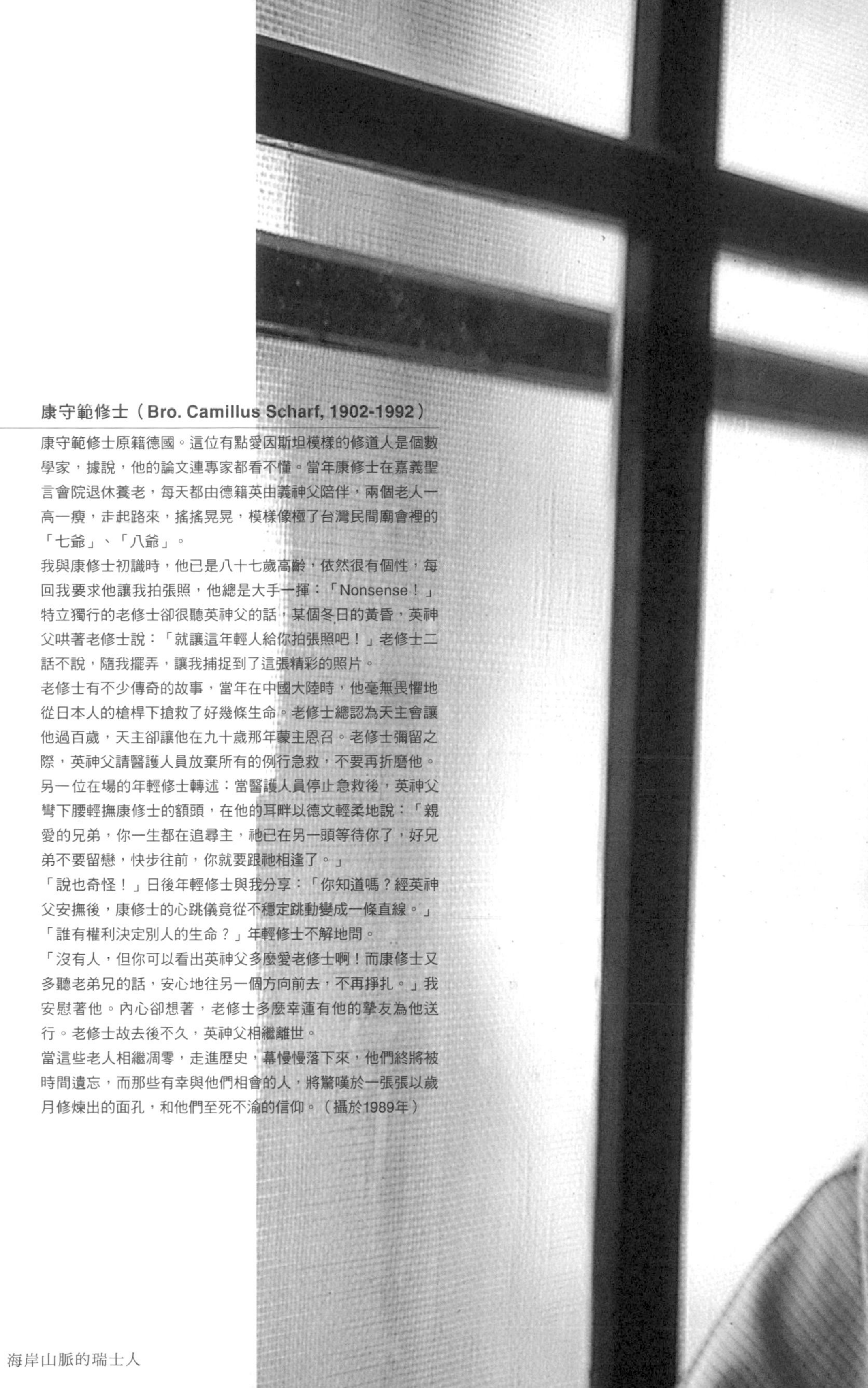

康守範修士（Bro. Camillus Scharf, 1902-1992）

康守範修士原籍德國。這位有點愛因斯坦模樣的修道人是個數學家，據說，他的論文連專家都看不懂。當年康修士在嘉義聖言會院退休養老，每天都由德籍英由義神父陪伴，兩個老人一高一瘦，走起路來，搖搖晃晃，模樣像極了台灣民間廟會裡的「七爺」、「八爺」。

我與康修士初識時，他已是八十七歲高齡，依然很有個性，每回我要求他讓我拍張照，他總是大手一揮：「Nonsense！」特立獨行的老修士卻很聽英神父的話，某個冬日的黃昏，英神父哄著老修士說：「就讓這年輕人給你拍張照吧！」老修士二話不說，隨我擺弄，讓我捕捉到了這張精彩的照片。

老修士有不少傳奇的故事，當年在中國大陸時，他毫無畏懼地從日本人的槍桿下搶救了好幾條生命。老修士總認為天主會讓他過百歲，天主卻讓他在九十歲那年蒙主恩召。老修士彌留之際，英神父請醫護人員放棄所有的例行急救，不要再折磨他。

另一位在場的年輕修士轉述：當醫護人員停止急救後，英神父彎下腰輕撫康修士的額頭，在他的耳畔以德文輕柔地說：「親愛的兄弟，你一生都在追尋主，祂已在另一頭等待你了，好兄弟不要留戀，快步往前，你就要跟祂相逢了。」

「說也奇怪！」日後年輕修士與我分享：「你知道嗎？經英神父安撫後，康修士的心跳儀竟從不穩定跳動變成一條直線。」

「誰有權利決定別人的生命？」年輕修士不解地問。

「沒有人，但你可以看出英神父多麼愛老修士啊！而康修士又多聽老弟兄的話，安心地往另一個方向前去，不再掙扎。」我安慰著他。內心卻想著，老修士多麼幸運有他的摯友為他送行。老修士故去後不久，英神父相繼離世。

當這些老人相繼凋零，走進歷史，幕慢慢落下來，他們終將被時間遺忘，而那些有幸與他們相會的人，將驚嘆於一張張以歲月修煉出的面孔，和他們至死不渝的信仰。（攝於1989年）

葉由根神父（Fr. Stephen Jaschko, 1911-2009）

匈牙利籍的葉由根神父是位聖人。不過，你千萬別這樣對他說，他會覺得很可笑。

葉神父是新竹市仁愛啟智中心及關西華光智能發展中心的創辦人。1911年生於匈牙利的他，二十五歲到中國河北，在大陸取得醫師執照；1955年被驅逐出大陸後，輾轉來台。

六〇年代，葉神父在貧窮的嘉義鹿草鄉成立診所服務當地的百姓。在台灣日漸富裕、醫療日趨發達後，葉神父離開鹿草鄉來到新竹，看到無人照管的智障小孩，他慈心大發，決定創立能收容照養他們的啟智中心。新竹仁愛啟智中心於葉神父六十二歲時建立，初期因為人手不足，葉神父親自給院童餵飯，一口接一口，長達三年。1983年，七十三高齡的葉神父又創辦了華光智能啟智中心，在高壓戒嚴的年代，這位老外領著近五百名智障兒和他們的家長到立法院，為這些被人漠視的孩子們爭取人權。

我與葉神父只有短暫的一面之緣，那回，我應另一位神父的邀請到園中演講，散會後只見葉神父打外面進來，園中的孩子，包括有嚴重自閉症的孩童，一看見葉神父後，全部歡欣鼓舞地一擁而上，又是牽手、又是摟住腳，將老人團團圍住。

傳教士有許多典型，無疑的，一生默默行事的葉神父是位巨人，在這位完全將自己奉獻給別人的修道者面前，我藉拍攝傳教士專題所欲探索的問題，膚淺得不值一提。

葉神父聖人的行徑讓我想起了一個故事。

有位深得人們敬仰的修道人，在過世後，因人們的極度緬懷而被神格化。某天，紀念他的廟堂終於建成了，人們大把大把地將鈔票奉獻於此，廟堂越蓋越大，眾生到這裡焚香祝禱，祈求個人平安、發財、健康、事業順遂，卻將聖人的教誨與行徑忘得一乾二淨。

將一生奉獻給東方的葉神父，臨終前，最掛心的事，是希望人們尊重他將大體捐給輔大醫學院，供解剖教學的心願。當不捨的人拿著捐贈文件請他簽字後，葉神父才放心的與塵世告別。

（攝於1992年）

黃樹宣神父
（Fr. Otto Koenig, 1911-1996）

我對耶穌會黃樹宣神父的認識不多，除了他的名字和來自奧地利外，其餘就什麼都不知道了。

黃神父是極少數推崇我的攝影專業而請我拍照的修道人，他誠懇地說：「請幫我拍張好照片，我要捎給『國外』的寶貝妹妹。」（很奇怪，很多神父都有位妹妹，卻極少聽到他們有兄弟？）我很榮幸為他拍照，至今仍清楚記得初見的情景。

這使我想起多年前，我在奧地利、維也納近郊一處大修院裡，與一位老神父相見的情景。得知我來自台灣後，修院裡的神父對我說，有位在大陸待了大半生，民國三十八年解放後未到台灣反而回到歐洲、在此服務至退休的老神父一定會很想跟我談談。午後的咖啡時光，腰板直挺的老人家讓人領了來後，微彎下腰，以字正腔圓的北京話，親切地問我：「先生您打哪來啊？」老神父那一口道地又優雅的北京話，當下讓我震撼，彷彿坐在半世紀前的北京城裡，連咖啡都忘了喝。我開玩笑地回答這位討人喜歡的老人家說：「老先生，咱那兒不興這樣的問候了！」這些老傳教士除了皮膚的顏色外，內心早已非常地中國化了。領他來的神父告訴我，只要見到來自中國的人，老神父都像見著老鄉般聊表鄉愁，樂上個好幾天。

那天，請我來拍照的黃神父自走道後走出，親切的打招呼模樣，像極了在地人，我反而成了從遠方國度來的訪客。

（攝於1994年）

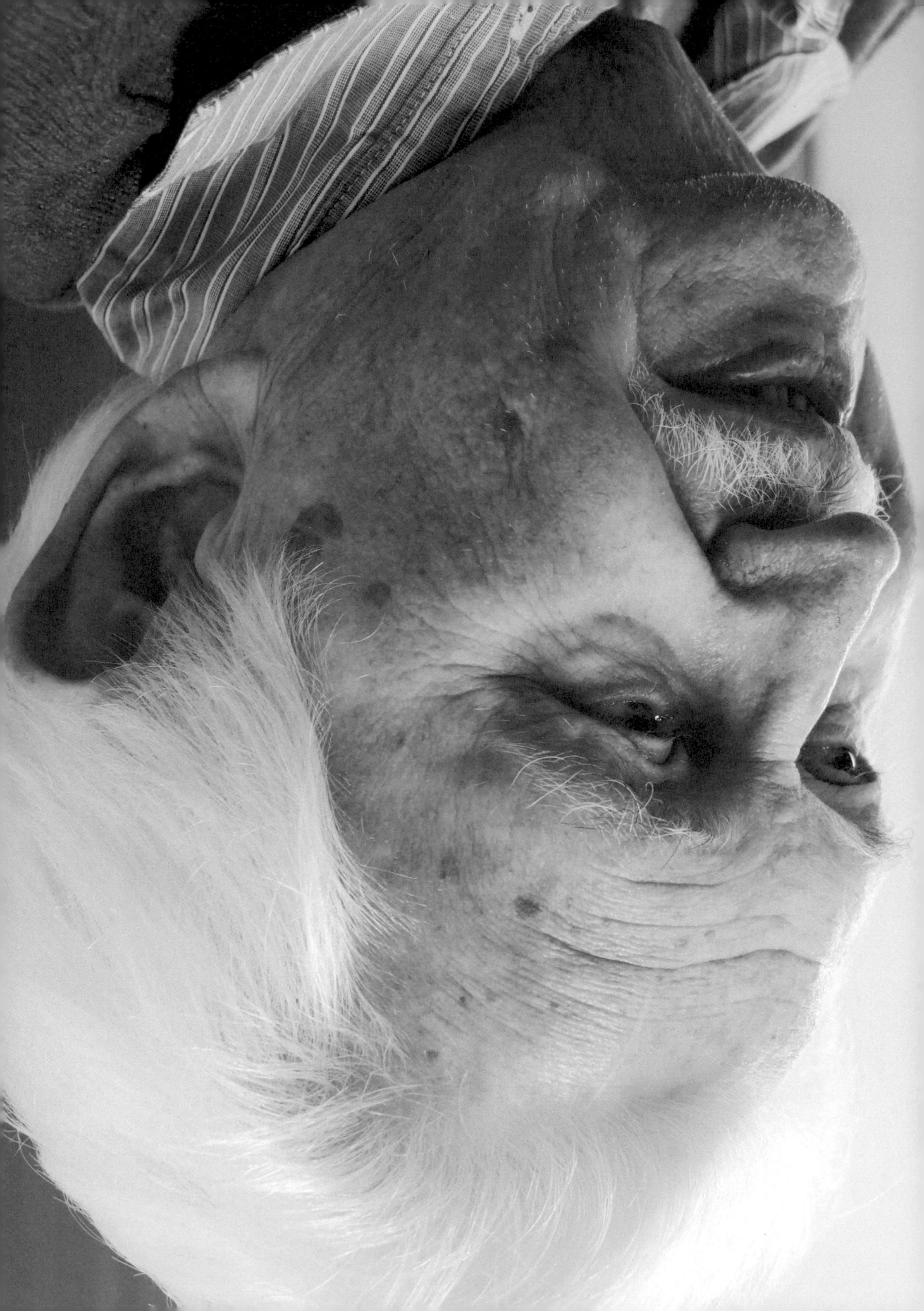

甘惠忠神父（Fr. Brendan O'Connell, 1936-）

美籍的甘惠忠神父民國五十二年來到台灣，他與葉由根神父一樣，是台灣最早提倡啟智教育的人，在那個智障兒仍飽受歧視的年代，甘神父已在台南安平為他眼中、天主的寶貝，建立了著名的瑞復益智中心，此外，他更雇請喜憨兒為園內的員工，堪稱國內最早聘請喜憨兒工作的先例，這位在瑞復一直工作到退休的喜憨兒，日後竟從微薄的退休金中，按例寄錢給甘神父，說神父需要錢，好幫助其他人。

在台灣奉獻五十多年的甘神父，銀髮如霜，已近垂暮之年的他，仍在台南學甲建立伯利恆文教基金會，繼續照顧偏鄉的益智孩童，讓他們能及早接受治療與教育。離墳沿不遠的老神父至今仍沒有台灣身分證，豁達的他也聲明，臨終前不可對他做任何侵入性的急救，他一心只惦記著與院童福祉相關的大樓能否募到足夠款項，早日動工興建。（攝於2013年）

浦敏道神父（Fr. Francis Burkhardt, 1902-2002）

瑞士籍的浦敏道神父被政府單位譽為最值得尊敬的台灣人。這位活過百歲的老人，七十六歲高齡時，在嘉義東石鄉創辦了以收容重度殘障同胞著名的聖心教養中心。對很多修道人而言，衰老死亡的此生好像只是通往永恆生命的第一步，他們或許講不出什麼讓人頓悟的大道理，但他們的所作所為卻讓人對他們的信仰產生無比的好奇與景仰。（攝於1992年）

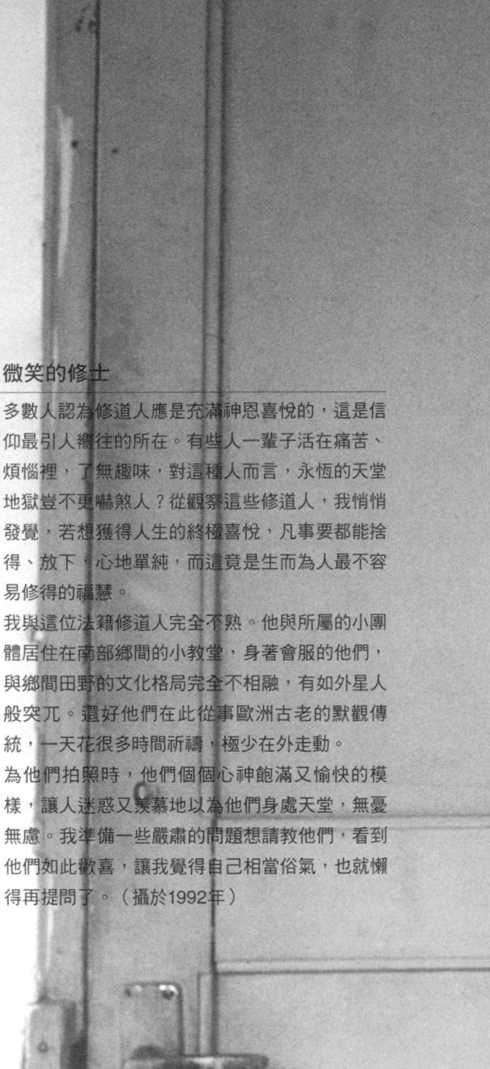

微笑的修士

多數人認為修道人應是充滿神恩喜悅的，這是信仰最引人嚮往的所在。有些人一輩子活在痛苦、煩惱裡，了無趣味，對這種人而言，永恆的天堂地獄豈不更嚇煞人？從觀察這些修道人，我悄悄發覺，若想獲得人生的終極喜悅，凡事要都能捨得、放下，心地單純，而這竟是生而為人最不容易修得的福慧。

我與這位法籍修道人完全不熟。他與所屬的小團體居住在南部鄉間的小教堂，身著會服的他們，與鄉間田野的文化格局完全不相融，有如外星人般突兀。還好他們在此從事歐洲古老的默觀傳統，一天花很多時間祈禱，極少在外走動。

為他們拍照時，他們個個心神飽滿又愉快的模樣，讓人迷惑又羨慕地以為他們身處天堂，無憂無慮。我準備一些嚴肅的問題想請教他們，看到他們如此歡喜，讓我覺得自己相當俗氣，也就懶得再提問了。（攝於1992年）

王秉鈞神父（Rev. Gino PICCA, SJ,1939-）

義大利籍的王神父，民國五十五年來到台灣，在台灣已待了半個世紀，胖嘟嘟的他，國語說的流利，極富人緣。我與他相識過程很戲劇性。彼時，友人安排我入住他在高雄的教堂，傍晚，他禮貌性的來找我談話，我卻不視抬舉的對他說我不喜歡以知識是從、驕傲的耶穌會士，他竟一點也不生氣，反而誠懇的問我，能不能給他一個機會？

我與王神父的友誼自此展開，不知不覺，竟綿延了四分之一個世紀，這張攝於靜山修院的照片，拍的很隨興，彼時我需要一張景深示意圖好放進新的攝影書裡，臨時抓他充當模特兒，他很開心地問我：若書賣得好，會不會分他版稅？我說不會！但若賣得不好，鐵定是他的錯！（攝於2011年）

侯光華修士（Br.Paitrick Hogan, 1936~）

侯修士是台灣輔仁大學的籌備建校者之一，民國五十二年來到台灣。當年，他為了提領從國外進口的建校材料，三不五時的往基隆港跑，讓有關單位以為他在進口私貨盤問他。

侯修士有著一雙常被我嘲笑、大如彈珠的眼睛，那雙烏溜溜的大眼有種狡黠，卻又十足孩童般的稚真。有回，他慎重地對我說，他看了部改編自米蘭昆德拉小說的電影《生命中無法承受之輕》，由於片中有大量裸露鏡頭，他尷尬地對我說，這是部「Dirty」的電影，我嘲笑他說，看來他只能欣賞類似「白雪公主與七矮人」之類的兒童電影。

有語言學博士學位的侯修士，在輔大打造了著名的語言中心，多年前，他功成身退的返回美國繼續服務比他更老的會士，脾氣溫和的他，將年老會士如自己子女般，照顧得無微不至。趁著地緣之便，我常到他位於新澤西州的會院拜訪，每回見到我，他總喜歡以洋涇浜中文與我交談，從他懇切的言辭中，我幾乎可感受到他對那待過近半世紀的台灣充滿了感情與想念。（攝於2012年）

潘傳真神父（右，哥哥）（Rev. Peter C. Brien, M.M., 1933- ）
潘傳理神父（左，弟弟）（Rev. Paul C. Brien, M.M., 1933- ）

早年，所有在台灣學習說國語的外籍傳教士，幾乎都學過一句俚語：「天不怕，地不怕，就怕洋鬼子說中國話！」然而洋鬼子說閩南語會不會更教人吃驚？在中部服務超過半世紀的潘傳真、潘傳理神父的官方語言，就是道地、帶著古典河洛腔的閩南語。兩位潘神父皆來自美國，是對如假包換的雙胞胎，被他們服務的教友，直接以大潘、小潘神父來稱呼他們。從陳年舊照中，可窺出這對民國四十九年就來到中部服務的孿生兄弟，初到台灣時，有如明星般的帥氣逼人，然而歲月卻毫不留情地將他們從有為青年變成老病纏身，兩兄弟其中一人長期被關節炎所苦，另一位更被糖尿病折磨，他們所屬修會為避免他們成為被服務人們的負擔，多年前命令他們放下工作，返美養老，據說兩兄弟由於捨不得離去，在告別彌撒中難過的與教友哭成一團。

強權美國，予人的印象向來兩極，然而所有與大潘、小潘神父相處過的人，幾乎都忘了他們是道地的米國仔（台語發音），尤其在他們以驚異的口吻向拜訪他們的人問道：「哪耶台灣囝仔，沒會講台語內？」的訝異表情，直讓閩南語不輪轉的人驚呼：誰才是真正的本地人？（攝於2011年）

G-Unit
OFFICIAL SIZE AND WEIGHT

晁金明修士（Bro. Gyorgy Casaszar, 1908-1996）

晁金明修士與葉由根神父同樣來自東歐的匈牙利。緘默慈善的他，自中國到台灣後，因匈牙利被劃入鐵幕，晁修士持有中華民國護照，成為不折不扣的中國人。晁修士與葉神父在五〇年代末設立嘉義鹿草的診所，葉神父七〇年代北上創建智障中心時，晁修士仍在鹿草鄉默默行醫奉獻。2006年，過世十年的晁修士獲追贈中華民國第十六屆醫療奉獻獎的獎座。

為晁修士拍照時，老病纏身的他卻仍掛記著需要幫助的人，他不時將舊衣物寄往菲律賓幾個經濟貧困的國家，後來人家對他的善心越來越不領情，要新的不要舊的。老修士故去時，兩袖清風，除了幾件堪可換洗的破衣服，連隨身的破鞋也是穿了好幾十年。天主教的制度向來嚴明，未升神父的終身修士是不能在教堂裡公開講道的。有些修道人著作等身、闡述基督道理，為世人所熟知，有些沒沒無聞如晁修士這般低階修士，他們沒有任何有關基督信仰的著作，卻終身效法實踐基督的教導。

晁修士一生所服務的人，就像《新約聖經》裡基督所遇見的卑微人們，他們不會有多餘的能力來為不善言詞的晁修士行書立傳。晁修士安葬於彰化靜山修道院的墓園裡，幾十公分高的骨灰盒牌，碑上對他一生的行誼只有短短四行字，記載著他出生、入會、發末願及去世的日期，此外就什麼也沒有了。

我當年從事傳教士專題時，有種「西瓜偎大邊」的心態，想找有名的修道人入鏡來滿足虛榮。多年後，當我重新檢視其中幾位不為人知的修道人照片，這才驚覺：我曾與基督相遇，卻未曾認出祂來。（攝於1993年）

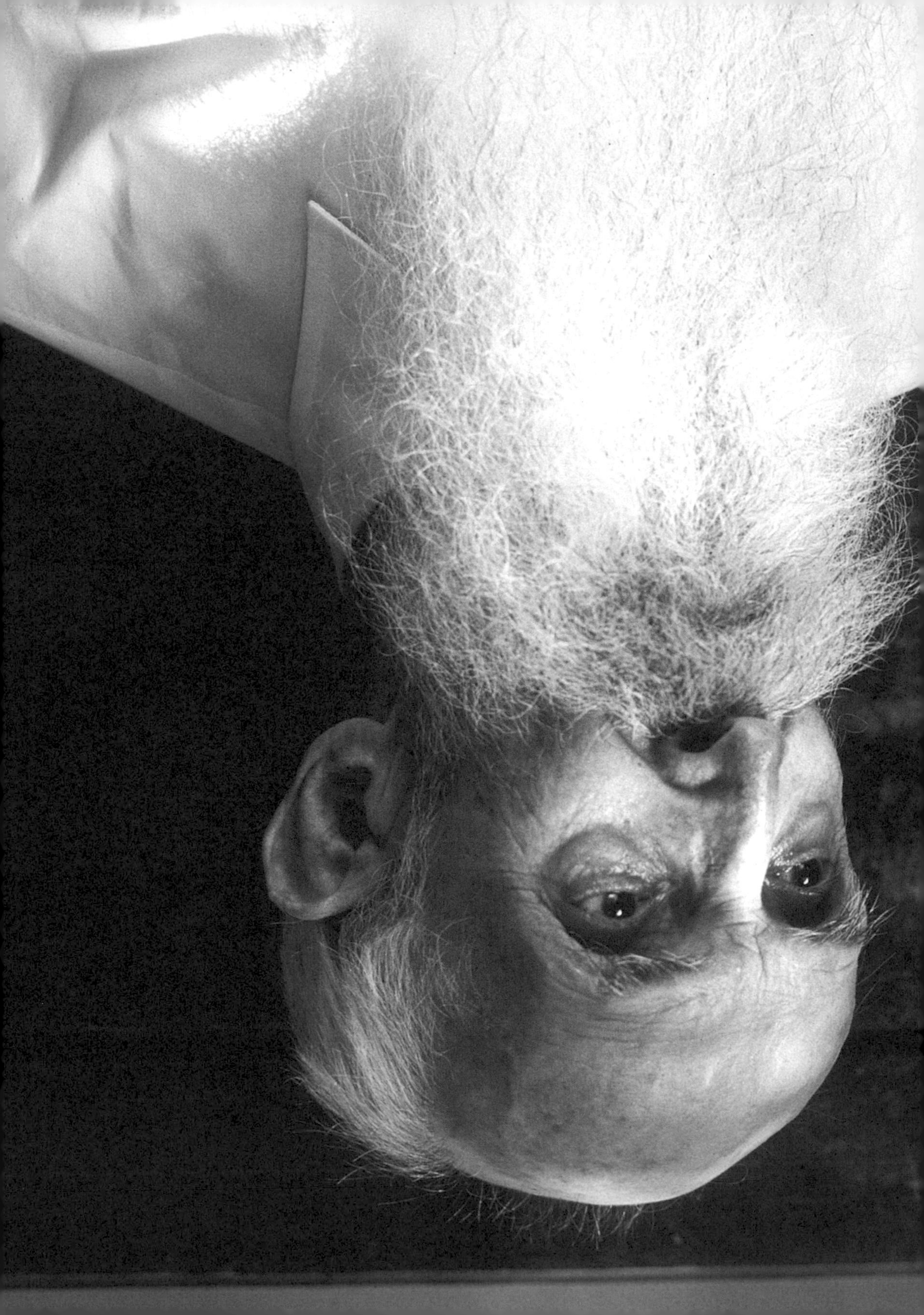

黎敦厚神父（Fr. Anton Lindenbauer, 1914-1997）

當年為黎神父拍照時，並不知道他是誰？這位老神父像個影子般躲在人後，不愛說話。多年後當我重新審視這張快被遺忘的照片時，竟沒人知道他是誰！（他同期的弟兄都已凋零殆盡。）最後在彰化靜山修院以圖示人時，終於有人認出他來，對方說黎神父是匈牙利人且就葬在靜山墓園裡。真令我訝異！我常到靜山墓園默想卻從未見過黎神父的墓。因此我如偵探般回到熟悉的墓園，仔細尋找這位修道人的墓碑，就在快放棄時，竟在骨灰塔的最下一排找到他的墓碑，原來我多次瞥見黎神父的墓卻從未認出他。從墓碑的記載，這才知道他來自奧地利（而非匈牙利）。身而為人，我們常常就一個斷面決定對某個人觀感好惡。比對著黎神父墓碑上年輕時所拍的照片，直讓我覺得人生如夢。墓上的年輕身影把我對黎神父的印象推到遙遠遙遠的從前，原來他從來不是一張影子，可惜的是我再也無從知曉他的故事。（攝於1993年）

黎神父與晁修士

這是晁金明修士和黎敦厚神父在靜山修院墓園裡的墓碑。當年在拍攝傳教士專題時，從未想過死亡的議題。

不過五分之一世紀，所有的老傳教士全都過世了，當年在他們垂暮之年，我積極詢問他們如何經營生命，卻從未請教過死亡的問題。這問題問了可能也是白問。任憑別人如何誠心分享，冥頑不靈的我可能還是會有自己的想法。

這些修道人秉持著一份外人難以理解的信念，貫徹自己的一生，最後一個一尺見方的盒子將他們的生命壓縮在裡面，讓人有種荒謬的感覺。

我向來不願意類型化地看待、觀照這群有異於常人的修道人，但每回在他們的墓碑前，總讓我覺得這些人終究不是凡人。走筆至此，我不免想起卷一最後，白冷會于惠霖神父在追思一位逝世修士說的證道:「我們無從得知死後生命的樣貌，但讓我們祈禱，天主會賞賜這位修士（修道人們）生前所相信的一切。」

我在雜誌上發表幾張這系列的照片。幾個月後，一位還俗的外國神父從國外捎來回應。

親愛的尼古拉斯：

我要讓你知道我有多喜歡你所拍攝的神父專題，可能是題材的關係，我不覺得這批照片比你先前的「老家人」系列深刻，但從這些照片中，仍讓我見識到了那種大師才有的坦蕩與無懼的觀看能力。

那雜揉著神奇與神祕的人性特質，竟能如此真實地展現在讀者的面前。

他們看起來當然不像普通人，而你真的抓住了這些人的特質——他們的臉上呈現了不同程度、一種無法形容的溫暖與仁慈。

你所運用的自然光線，竟讓這些人臉上閃耀著一種平凡卻近乎奇蹟的光彩。

這些照片顯示了人性中最神祕的部分，一種只有經由時間與經驗才能塑造出的靈魂面貌！他們幾乎是透露過多的，讓人不敢直視，一種我們寧可隱藏、超乎我們理解與控制的終極面貌。

但是照片中洋溢光彩的人，仍讓我們驚覺：會腐朽的脆弱人類，竟能在他們的修為裡成為一個完整的人。

你真是位有天賦的人！願上帝祝福你和你繼續的創作。

里查　一九九三年六月二十七日

我花了很多年，終於理解這位陌生朋友對這專題的觀感。好多個夜晚，當我眼睛貼著放大鏡檢視這批幻燈片時，影像中人物所散發出的魅力，總讓我凝視良久，感動莫名。

我邀請一位神父朋友觀看其中幾張照片，當他看到一位與他同修卻相交甚惡的神父時，突然哭泣起來，不能自已。「我不喜歡這個人，我沒辦法喜歡他！但你照片中的那個人，那麼溫柔、那麼動人。我跟這個人同在一個團體生活多年，卻從未看到這一面。」

「不需要那麼難過，那個人或許也不知道自己有這一面。」我試圖安慰這神父說。

這位神父的痛苦我能理解，但不表示我就能承受表裡不一、處於分裂中的痛苦。這種不願順著體制框架、自由觀看，對被拍攝者可能也是一種打擾？就像多數人一樣，他們不見得喜歡看到自己。照片中的人會不會連他們自己都覺得陌生？

我和我的攝影專題成了一座漂浮、找不到著力點的空中閣樓。

我不敢對外人講那位神父怕死的經驗，更不願意提那位英俊卻不快樂的修道人。矛盾的心情，讓我想起了一個故事：有一個監獄關滿終身不得假釋的囚犯，受刑人只要表現良好，就可獲得獎賞，在一間能欣賞到人間奇景的房間住一晚。住過的人總會將看到的景致形容給其他同伴，繪聲繪影。這間神祕的房間成為受刑人最大的安慰與期待。有天，一位等待良久的囚犯在眾人的羨慕下，終於有機會住進這個房間。當受刑人開燈準備打開窗戶時，發現房間裡根本沒有窗戶。受騙的他為期待落空而深感憤怒，他決定要揭發這個騙局，讓其他人別再浪費生命期待與幻想。隔天當他沮喪地步出房間時，房外聚滿獄友，看到一雙雙期待而羨慕的眼神，他不忍讓同伴失望，精神一振，描述窗外奇景。他帶著淚水的形容，比先前的任何一位都更精彩動人。

我終於決定終止這個深受期待的專題。帶著未完成的遺憾走遍世界各地，直到多年後，我才能跳脫出來。

在靜山修院的某個夜晚，我與摯友同時是神修老師的馬志鴻神父（Fr. Mariano Manso）對談時，突然明白當年極不情願的放棄，是邁向完成的一個過程。我終於了解追尋信仰與生命的答案，不應該假手他人，而必須由自己答覆。我以童年習自教會的觀念，興起為修道人拍照的念頭，卻狠狠地框住了他們，讓他們動彈不得。

為他們拍照時，我自以為是抱著讓他們訴說自己的客觀角度，卻忽略這個觀照者不應是我，而是他們的天主。不管他們對我的反應多麼不同，我深深尊敬這些被我拍過的人，也終能承受他們看不出這批照片意義的孤單。

我想起那位不快樂的神父。炎夏炙熱的午後，我來到他的教堂，身體不好的他，滿身是汗，極為不耐煩。他未把我當外人看，對我控訴他的團體（我跟他一點也不熟），之所以拍他是因為聽過他的故事，見過他年輕在山上服務時所拍的照片。照片中，年輕人的笑容會融化任何一個鐵石心腸的人，而眼前所見的這人完全不是這樣。他是位被人尊敬的神父，我是位普通教友，天曉得我要如何安慰他？

我們漫談了很久，最後他問我：「你要開始拍照了嗎？」拿著相機，我鼓起勇氣問：「你有沒有咖啡？我很想喝杯咖啡。」趁著他去沖咖啡時，我將架好的相機全收了起來。「我們喝咖啡就好了！神父，我很高興能有機會與你一起喝咖啡。」

為了拍攝這位神父，籌畫許久，終於獲得他的首肯後，我卻未按下任何快門。在那個炙熱午後，我放掉了這個題目，沒有意願再拍攝任何一位神父。

年輕的修道人

年輕的修道人不是我主要的拍攝對象。天主教嚴格要求修道人神貧、服從、嚴守貞潔地保持單身，這三個誓願自他們發初願那日就必須認真奉行。對一般年輕人而言，這是違反人性，不近人情。同為年輕人，我知道修道的路上考驗重重，轉變是正常的，為此我不想透過影像和既成的觀念，將他們框住、釘牢。圖中兩位修道人，一位是在輔大服務的德籍陸修士，另一位是拉丁美洲來的、已還俗的費神父。這張照片攝於某個颱風過後的午後，兩個年輕人憑著一支電鋸，就把嘉義會院裡一棵倒地的大樹給支解了。（攝於1990年）

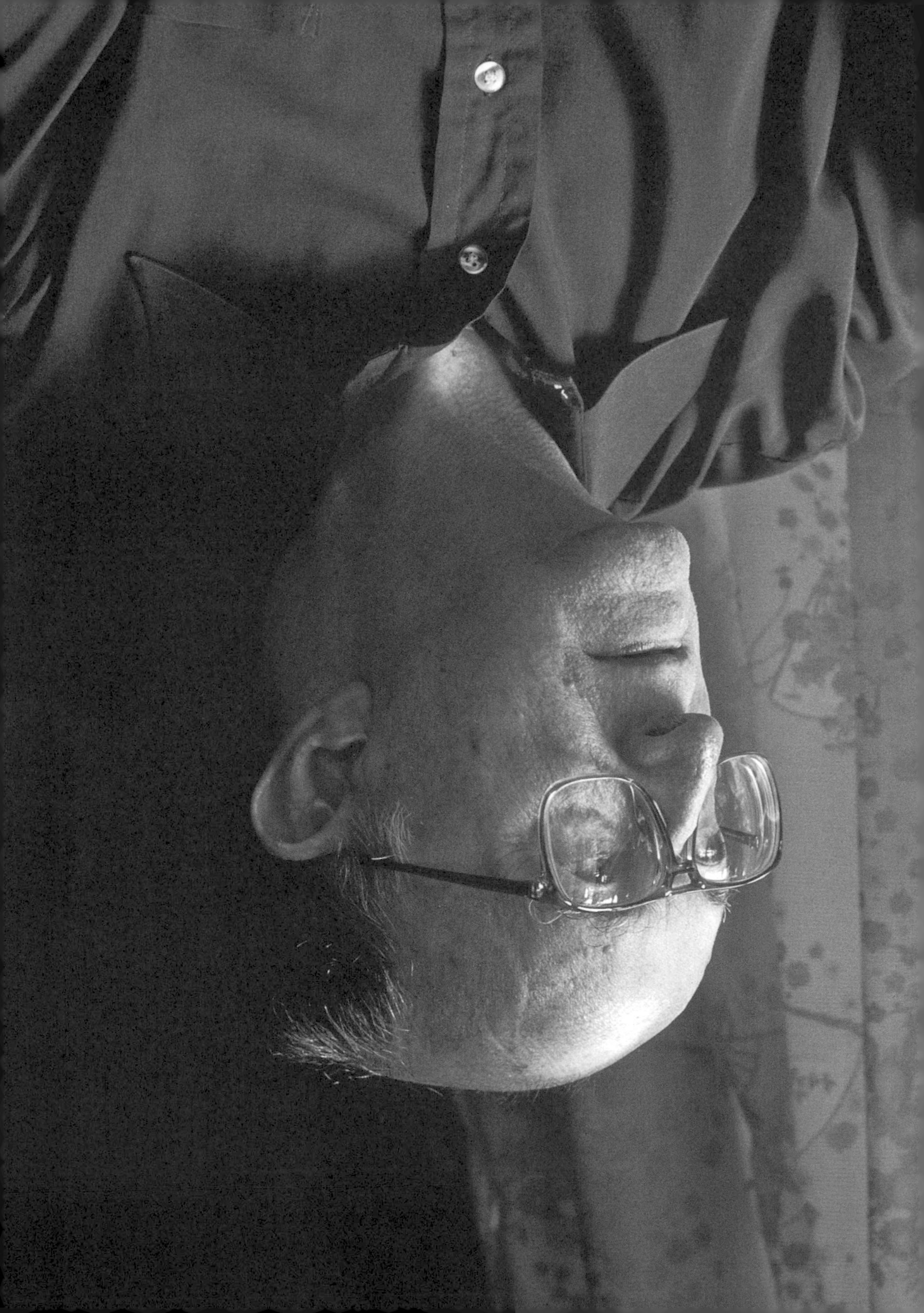

馬志鴻神父

「神父！我不會再回來了！你的天主不會聽我祈禱的。」在靜山修院教堂裡，我全身冒著冷汗，沉重地對馬神父說。我多麼想握握神父的手，從他那獲得些許安慰，但這些修道人向來不習慣任何肢體語言。算了！我不想自討沒趣。推開教堂的門，我獨自走入修院漆黑的世界裡。

馬志鴻神父（Fr. Mariano Manso, 1927-）

認識馬神父多年後，我才為他（或者說為自己）拍了張照片。對我而言，為人拍照是認識那個人的另一種方法。（我們多怕去認識一個人？）許多年前我為一位修道人拍照，不想用俗成的觀點來拍攝，偏偏照片就是拍不好。有天，我與這位修道人發生激烈衝突，在溝通中我竟看到了他費盡力氣隱藏的真面目，他以為我將拂袖而去，我卻說：「我知道怎麼拍你了！」當我把洗好的照片送他時，他竟將它藏在床鋪底下。原來很多人這麼怕看到自己？至於馬神父，我很高興能不再經由攝影形式，自在地端詳我的神修老師，而他在我心中的形象比任何一張照片更深刻與清晰。（攝於2004年）

到靜山修院近一年後的某個夜晚，我的心中異常混亂，滿是焦慮，更要命的是，有種強大而莫名的恐懼使我夜夜無法入眠，無法祈禱，我根本不知道自己怎麼回事！

馬神父見我情況不好，卻不知如何安慰，只好把我帶進教堂，唸著再熟悉不過的禱詞，祈求天主帶領我。茫然地望著懸掛在祭台後的十字架，我終於不想再忍受，站起來，毅然決定離開這裡。經過十天，我回到馬神父身邊，那個時候開始，我知道自己不會再離開他。

我與馬志鴻神父結識於上世紀八〇年末。彼時剛結束生平第一次攝影個展，極想為信仰找尋出路的我，決定做一次慎重的避靜。

我翻閱《台灣天主教指南》，發現了靜山修院，從文章裡找到許多專做靈修輔導的神父資料，馬神父的名字讓我覺得順眼，便決定寫封信給這陌生人，提出與他見面的要求。那封信簡單扼要，甚至陳明，他若只能給陳腔濫調的建議，就千萬別讓我過來。我的態度如此赤裸而直接，因此不敢抱持神父會接受請求的希望。

「渴望你的到來！」一星期後，馬神父有了回音。

馬神父幾個月前應某位在南部服務的神父之邀，參觀了我的攝影展，他對攝影展中有多幅以「聖塔瑪莉亞」、「失樂園」等宗教名詞命名的作品大感興趣。「這攝影家應該有年紀了吧？」馬神父問。

「不！神父，他是位年輕人，還不到二十八歲。」另一位神父回答。

原來，天主早安排我們兩個完全沒有交集的人見面。直到今天，我仍有這樣的願望：若是在西歐的中古世紀，我一定會要求馬神父收我當作見習僧，好能日夜跟隨在他身邊。我的馬神父總清楚地對我說：「藝術家，你的聖召不在這方面！」

追隨馬神父的那一年，我每個月總要挪出時間上靜山拜訪他，若以心理學角度看來，這像一場漫長的心靈諮商之旅。當時當然不會這麼想，尤其是我與馬神父的關係並不像處於對等開放的心理諮商狀態。相反地，對一位傳統靈修輔導人而言，我是個麻煩，除了有太多的自我意識，更有許多不同於主流教會的見解。

身為我的神修指導，馬神父有別於一般修道人，他從不鼓勵我依賴他、遵循他，更不會從傳統教會的立場裁判我的想法，因此馬神父的角色非常難為。

那一年，總有一些流言間接傳來：「這年輕人，又不當神父，為什麼常到修院來？更奇怪的是，他極少參與彌撒，白天幾乎都在睡覺，晚上（尤其是深夜）常在教堂裡唱歌跳舞……」有人好奇我與馬神父是什麼關係？每回有人因為我而對馬神父有所微詞時，他總是微笑地對旁人說：「你們不用管，你們不了解他！」似乎一點也不以為意。

彼時我沒有自信到可以毫不在乎別人的觀感，在公開場合為了不給馬神父及自己找麻煩，看到他時，我都避開裝作不認識，在強調靜默的修院，這種默契是最佳偽裝。

將近一年的晤談，對我而言，是個從小到大的信仰大整理。馬神父不止一次以驚異的口吻說：

歡送馬修士

我很好奇馬神父年輕時在台灣做什麼？他給了我一張1956年在新竹拍的照片，照片裡的馬神父還是位在中學裡教英文的修士呢。二十多歲到台灣的馬修士，在台灣待了五十個年頭後，成為很多人尊敬的神修老師。時空距離對這些修道人意味著什麼？有回馬神父身體微恙時，我問他對死亡的看法？「I live until the day I die and then I live forever!」這是馬神父的回答。

（馬志鴻神父提供）

二十多年前的馬神父

從年輕的馬修士到童山濯濯的馬神父，馬神父在台灣待了大半生，我多麼榮幸與這位修道人有了深刻的交會。這張照片攝於二十多年前初來靜山之時，由於難守修院遵守靜默的規矩，馬神父偶爾會帶我往附近的小山走走，在山路上為神父拍下這張照片。二十多年不算短的日子，馬神父與我辨識每一個心靈狀態，我們之間沒有語言的隔閡，這也讓我覺得；一個能向他人開放的人才能坦然自在地對上帝開放，沒有體制、意識形態的束縛，就像似新生兒才有的神祕微笑，那是種全然的信任。馬神父從不要求回報，我對他最大的回饋，僅是向他保證，我會盡全力做個快樂、身心靈健康的人。（攝於1988年）

「我很難明白，為什麼你的教會會讓你對上主有這樣的印象？」人是複雜的！我順著一種熟悉的、體制內的語言講話，卻又想掙脫，找尋一種新的對談方式。在這方面，這位來自西班牙的耶穌會士是包容我的。

有回某位與我不對頭的神父興沖沖地來找馬神父，他說他剛才回答一位教友，平信徒都可以成為聖人對不對？馬神父耐心地向這位神父解釋。待神父走後，馬神父轉頭、故意睜大眼看著我說：「你剛才都在忍住笑，是不是？」我們兩個笑成一團。

若我們有這麼好的關係，為什麼會發生近乎決裂的事？

到靜山一年多後，我按教會的教導做祈禱，但內心總不平安，我不知如何對馬神父形容這越來越強烈的感覺。在僵化的語言系統裡，我根本不知道怎麼開口！

在馬神父面前，我守著教友的本分——一個知識分子的教友身分，這樣的倫理體系更模糊了我不信上主的事實。直到那次的神聖經驗後，我才明白：我跟天主的關係就像跟馬神父一樣，是一種上對下、無法踰越的不對等關係。

為了維持自尊，我得看管自己的情緒，千萬不能亂了套。這看似合理的控制根本就是一種偽裝，我害怕面對他對我想法的反應，我怎能讓他看清我是誰？其實我根本不知道自己是誰！這些感覺與思惟裡無法釋放的混亂，最後演變成極端的恐懼，一種如黑洞般把人完全吞噬的黑暗。

當馬神父以他的身分與傳統教會的思惟，試圖幫助我時，更增添我的挫折與憤怒。好幾天徹夜未眠的我，好想抓著他大哭一場，更希望能投入他的懷抱，安心地睡幾個小時。

耶穌會向來把他們的會士們訓練成披荊斬棘的勇士。這些婆婆媽媽的情緒，別說馬神父不慣於應付，就連他的會祖聖依那爵（註①）都無法招架。最後終如我料，馬神父把我帶進教堂，尋求天主的幫忙。

「神父！你的天主不會聽我的，我不會再回來了！」我知道神父會為我的離去深感難過，但我無法繼續這樣的關係。

幾天後，神聖的經驗發生後，（在〈一次神聖的經驗〉文中詳述）我衝回馬神父的面前，鼓起勇氣對他說，「我的神父啊，我多希望這經驗是與你一起實現的，你知道我那晚充滿了恐懼，你卻將我推給了只讓我更害怕的天主！其實你只要對我說：『不要怕！我在這。』情況將會完全不一樣，但我無法開口向你祈求，因為我有我的自尊。當我不能在你面前清楚地表達情緒時，怎敢在你的天主面前釋放自己、承認內心所有的黑暗？」

我的表白使馬神父驚訝，從那時起，我終能較自在地與他一起挖掘我的信仰，勇於衝破層層桎梏，穿過教會的教導、規矩、禮儀，直接探索基督在我身上的意義。有幾次的交談，我幾乎能感知到天國的存在。感謝天主賜給我這位神修導師，日後我在世界各地工作時，仍經常聯繫馬神父，與他分享我的信仰，並聆聽他的觀感。

數年前，《走進一座大教堂》（初版）一書在編輯那裡停擺多時，遲遲無法完工，當編輯終於累積足夠的信心要完成它時，我卻不願再給任何時間。但得知馬神父身體微恙，我決定把這本書獻給他，以此為動力，回頭再與編輯合作。

我向馬神父提及這件事，他那種修道人的謙遜又回來了，他說：「你把這書獻給比較重要的人物吧。」

我不以為然地抓著他的雙手，「對我來說，你就是大人物！羅馬教皇不認識我，我在梵諦岡遺失護照時，他也不會請我喝咖啡。你們這些修道人，總是讓人際間最單純的情感表達變得這麼尷尬！簡直是毛病！顧不了你了！為獻給你，我會好好地去做這本書。」這是本精彩非凡的書，我的編輯為這本書所下的工夫只有「嘔心瀝血」堪以形容。

日後，我偶爾會聽到馬神父高興地與他人分享這本獻給他的書。但他從未表白自己的感情，而我也不習慣去問他：「你愛我嗎？神父。」

又是好幾年過去了，我認真評估是否該回台發展，自美國打電話問神父能否在他那裡待一個月，好好整理我的過去與未來。接獲馬神父熱情的首肯後，我整裝返台。

到靜山一星期後，馬神父突然告訴我，他的院長希望我不要住太久，因為一個月的避靜是為神職人員設的。我不以為然卻只有接受，教會本來就有一堆規矩。

神父這時繼續說：「我覺得你的精神不錯，回到社會上應不成問題。」這句話讓我當下深受傷害，我的龐大計畫因此全被推翻，而神父竟不顧我反彈而為我的情緒做出了決定。我從未懷疑自己對馬神父的愛，但此時卻強烈懷疑我在他心中的地位。那是教會的聖周（註②），本想在此與最在乎的馬神父一同過復活節的期望也落空了，我的心情真是沮喪。

高欲剛神父的墓園（Fr.Juan A.Goyoaga,1917-1998）

西班牙籍的高欲剛神父是馬神父的摯友。德高望重的他，與人相處時總不自覺地流露出孩童般的稚真表情。我與高欲剛神父交談的機會不多，有回寫信問他馬神父的歸期，他立即回信告訴我，我就快要見到我親愛的馬神父，更可以再度親臨「夜裡泛著一股淡藍喜悅」的靜山修院。高神父的心臟不好，有回與他同車，問候他的手術情況。他竟撩起上衣讓我看他的刀疤——手術痕跡有如一條由頸部直達腹部的拉鍊，看得我瞠目結舌。我甚至想著如果能給高神父拍張光著上身的照片會是多麼震撼呀！我終沒有這個機會，去國多年後，我輾轉聽到高神父過世的消息。修道人不習慣也不善於表達自己感情，我們天主教常常以「某人到天國去了」，粗糙地掩飾對死亡的哀傷。多年後，我偷偷問馬神父在高欲剛神父故去之時，他是不是非常難過？馬神父沒有正面回答問題，他沉默了好一會兒，眼睛看著窗外，深邃地說：「我真是想念這個人！」

隔天一早，我去找神父。「神父，我有話對你說，我昨天很受傷害，你的院長有任何指示我都能接受，這是修院原有的規矩，但你不能因為害怕面對我的反應，而替我決定心情。我要讓你知道，我昨晚一夜沒睡。基督給我勇氣，讓我冒著讓你不舒服、失去你的危險，告訴你我的感覺。我不只尊敬你是這體制內的一位神父，而是把你當作我生命的摯友，來這之前，我在電話裡講明，只要有任何不方便，請直接告訴我，千萬不要勉強，別怕我失望，而今我如何向我朋友啟齒這難堪的事實？我最親愛的神父，你不要躲在制度後對我講話，並決定我的感受，因為在你面前，我不會像從前那樣為維持自尊，笑著離開你，卻在背後哭泣。我愛你，我願給自己這個表白的冒險，不然明天離開後，你再也看不到我！」

神父明亮的辦公室裡靜得出奇，我打心底敬愛這個人，但是我要離開了。

在教會的聖週四晚上，全世界的教會要重演兩千年前基督為門徒洗腳的故事：

在逾越節前，耶穌知道祂離此世歸父的時辰已到，祂既然愛了世上屬於自己的人就愛他們到底。晚餐的時候，祂從席間起來脫下外衣，拿起一條手巾束在腰間，然後把水倒在盆裡為門徒洗腳，再用束著的手巾擦乾。及至來到西滿伯多祿跟前，伯多祿對祂說：「主！祢給我洗腳嗎？」耶穌回答：「我現在做的，你可能還不明白，但以後你會明白。」伯多祿對祂說；「主！祢永遠不可以為我洗腳！」耶穌回答：「我若不洗你，你就與我無分。」同一個晚上基督繼續說：「這是我的命令。你們要彼此相愛，如同我愛了你們一樣。人若為自己捨棄了生命，再沒有比這更偉大的愛情了。如果你們實行我的命令，你們就是我的朋友。我不再稱你們為僕人……這就是我命令你們的，你們應該要彼此相愛。」（註③）

晚上七點半，我到修院的教堂參加這場隆重的禮儀。自小就參加過這場禮儀的我，對過程再熟悉不過了。童年時，我的主教或神父們常選我們這些小蘿蔔頭坐在祭台前扮演基督的門徒，他自己扮演為我們洗腳的基督。說實在話，我不怎麼喜歡這些流於形式的禮儀。

當夜，修道院院長是彌撒的主禮，馬神父陪祭。祭台下只有幾位來此避靜的教友，坐在人後，我發覺馬神父精神很好，我很慶幸在今早的溝通、修好後，能來參與這場禮儀。

講完道理後，進行耶穌當年的洗腳禮，修道院院長宣布：「我們今年要有別以往的，不事先安排被洗腳的人，而是在座的你們，也包括我自己，親自揀選在場對你最有意義的人，來為他洗腳。」院長繼續說，「今夜我要實行洗腳禮的人，是曾任我初學和神學老師的馬神父，他對我深具意義。」

小小的教堂裡，除了不熟的院長和馬神父外，我不認識其他人，看來今夜我只能為陌生人洗腳了，這場禮儀真無聊！為獲得一些靈感，我開始幻想「最後的晚餐」裡，基督為門徒洗腳的情景。那是個什麼樣的景象啊？在猶太的習俗裡，為人洗腳是相當低賤與受辱的行為，而身為眾門徒老師的基督卻要彎下腰為祂的跟隨者洗腳？

院長象徵謙卑地跪在馬神父面前，為他洗腳，又慎重地為他擦乾。馬神父徐徐地從椅子上站了起來，輪倒他來揀選一位對他有意義的人進行這場禮儀了。他像是位君王般，環顧台下，我悄悄將眼光避開。我們早有個不成文的默契，在公開場合不要相認，因為這會讓我不舒服。我偷偷地抬頭，他眼睛放出光彩，大手一揮：「尼古拉斯，上來！」

是我嗎？我的神修老師要為我洗腳！這……我突然明白了伯多祿的恐懼。我懷著惶恐走上台，疑懼地看著馬神父，極不情願地坐上椅子。七十多歲的馬神父雙膝顫抖地在我面前跪了下去，我幾乎要失聲尖叫：「不！不！不！主！不，祢不可以為我洗腳！我怎麼當得起？」我想站起來，馬神父卻開始將水倒在我的腳上。我深受震撼的雙手輕輕按在他的肩膀上，不敢置信地凝視著眼前這老人。

「你若不讓我洗，你就與我無分！」基督這句話突然像刀似地插入我堅硬的心裡。當了四十多年的教友，我到這一刻才了解基督的教誨，明白祂藉著如此卑下的行為來教導門徒謙卑的道理與象徵和他們的親密！

馬神父的關節向來不好，我含著眼淚慢慢地將我的神父扶起來。我要趕快逃離這個地方，主！我當不起祢的愛，我要趕快逃離這個地方。

我飽受震撼，進行未完的禮儀，唱完主禱文，領受聖餐前，照例是禮儀中最溫暖的平安禮，主禮神父及教友這時要互祝平安。兩位神父這時都自祭台走下，到教友前，與他們握手。馬神父走到我的面前，我循例地伸出手……他卻完全出乎意料地展開了雙臂，當著眾人的面親吻我的面頰，將我擁個滿懷。

「如果你實行我的命令，你們就是我的朋友，不再是我的僕人，這是我命令你們的，你們要彼此相愛。」（註④）

經過神聖的星期四夜晚，我終不再懷疑馬神父對我的肯定，他將是我此生最重要的神修導師，在追尋基督的人生路上，我將不感到孤獨，因為有位朋友伴我前行。有一天，當我們終將離世，我堅信我們將在那畢生追尋的國度裡重逢。

【註①】聖依那爵（Ijnatius Loyala）生於十五世紀末的西班牙，為著名的天主教耶穌會的創立者。

【註②】天主教會在聖誕節過後有段為期四十天以效法基督在曠野祈禱補贖的特殊期間，天主教會以「四旬期」來稱呼這段期間，「聖週」是這段時期的最後高峰也是四旬期的最後一個星期，此週教會自星期四起每晚有隆重的禮儀紀念基督的死亡與復活，復活節為四旬期的結束，也是聖週的最高峰。

【註③】若望福音第十三章節錄。

【註④】若望福音第十五章節錄。

雷保德神父

「一粒麥子若是不死，仍只是一粒麥子。」追憶和雷保德神父有關的點點滴滴時，發現他在許多人的心靈深處，結出了豐厚的麥穗，使前進天國之路時不斷地得到沃養，以及永不放棄追尋的勇氣。

雷保德神父（Fr. Paul Rabbe, 1937-2007）

臨別的清晨，為了給自己留些紀念且不想讓神父有照遺像的感覺，我拿起了輕巧的傻瓜相機，輕鬆地為神父拍了張照。當時，神父的病情經數次化療後已獲得控制，他告訴我化療讓他的頭髮全部掉光，手指末端也變得麻木。古人說：「病來如山倒，病去如抽絲。」用在癌症病患身上真是貼切。與神父相處的那幾天，在有限的交談裡，我幾乎都握著他的手說話，如此想把他仍有的生命時光，緊緊抓牢。（攝於2006年）

我最親愛的德國神父雷保德終於過世了。

為什麼用「終於」呢？從得知雷神父被診斷為肺癌末期後，病情一度因化療而趨緩，但頑強的癌細胞隨時伺機再發，我的心情隨著這不確定感，滯絆難挨。

二〇〇七年三月下旬，處於藥石罔效的雷神父要求自醫院返回修道院，從那一刻起，死亡就在前方等待著他。而「終於過世」似乎為這猶如窒息般的漫長過程找到了出口。久懸的一顆心獲得釋放，但，它竟未能享有自由，反而變得虛無。我終於了解在肉身所處的實在界裡，我的朋友永遠不見了，當我有機會重回舊地時，所能造訪的只是一處不再有回應的墓地。一想到此，我的心就開始絞痛。

上個世紀末到德國採訪時，在落腳的修院裡用過晚餐後，中國中心主任雷保德神父主動找我說話，他得知我來自台灣，興奮地向我打聽某位友人。「我一點也不喜歡那個傢伙！」我的好惡觀感向來不多做保留，不知因此得罪了多少人。

神父吃驚地望著我。在陌生人面前，我不得不為自己找台階，稍作解釋：「他不是壞人，我只是不喜歡他拖拖拉拉、遮遮掩掩的行事風格。」

漫步交談中，我發現高大壯碩、滿臉落腮鬍、頭髮微禿的神父，一隻腳比另一腳短，幾乎是跛著腳走路。晚餐散步結束前，雷神父眨眨眼對我說：「嘿！我也受不了那種行事不乾脆、不把話講明白的人！」我們的忘年之交於焉開始。

接連幾年的採訪，我有機會一再前往德國科隆近郊的聖奧古斯丁修院拜訪雷神父，我們相處的機會不多，但每次都能聊些心底的話。對談裡，我從不觸及他的工作與私事，直到有回碰上了一位對雷神父有相當微詞的年輕人，才得以進一步跨越階級輩分，與神父拉近關係。

這位來自中國、領德國中國中心獎學金的年輕神父，在此完成學業後，竟違背先前返回中國服務的約定，打算還俗。他不願面對自我，反而將還俗理由歸咎於對特定人與事的失望。在他口中，雷神父成為必須為他還俗擔起責任的「官僚」。我對這年輕人說他還俗沒什麼大不了，但做人要誠實，這樣人家才好幫忙，尤其是照顧他們猶如自己孩子般的雷神父。

這位年輕人終究不願意面對自我，放棄了所有的溝通機會，神父為此深受傷害。有回他以近乎悲憤的口吻對我說：「不當神父沒什麼大不了，不想回中國也沒關係，但什麼也不說，我究竟能為他做什麼？」我為神父在理性與感性之間掙扎，深感同情。

「那個人已成年，該為自己的生命負責，若是他不願面對自我，只是遷怒他人，神父啊！為人本就有宿命，就別再折磨你自己，祭出行政權，做最後的決定吧。」這次事件，我真正感到雷神父是位有血有肉、極重情感的人。

千百年來，除了誠摯信仰，天主教更以牢不可破、幾近官僚的體制，撐出教會的架構，多少人躲在這制度中揮霍個人早已隱蔽起來的情感，做出對他人命運有極大傷害的決定。而擁有無上大權的雷神父卻不想動用行政權，反被這制度折磨，他怎麼能接受一位年輕人不願講真話，而讓僵硬的規定做出最無意義的處治？

我第一次見識到：一個人在滿是教條規矩的古老制度裡，如此費盡所能、扛負所有的誤解，只為換得一個人的真誠，而最後仍得無奈地向制度投降。

最後一次到聖奧古斯丁修院，得知教友大樓就要拆除了，未來我可能沒有下榻之地，為了不給雷神父添麻煩，我說：「往後我就不來這裡了，反正德國採訪差不多告一段落了。」沒想到神父不等我說完，握著我的手，誠懇地看著我：「你要來這裡，永遠不要擔心吃住的問題，這裡會永遠為你預備地方。」一別後不久，雷神父晉升為整個大修道院的院長，擁有更多的權力，欣喜的我在得知這好消息後更加得意，因為我知道，在德國，我將永遠會有一個有吃住地方的靠山。

然而我卻一直沒有享受這項特權，反而因為忙碌的生活，幾乎不與神父連絡。

多年後與一位甫自聖奧古斯丁修院歸來的友人閒談，得知雷神父罹患癌症的消息，當下我幾乎是五雷轟頂，完全不能自持。母親年前才因為癌症過世，我知道這疾病的恐怖，我完全不能接受這麼一位正值巔峰的神父怎麼會得到絕症，天主究竟有什麼打算？

「你沒空來，我完全理解，但若你願來看我，我會非常地高興！」收到神父的信後，我做出前往德國的決定。

深冬造訪熟悉的德國，心情卻與數年前多次的德國之行全然不同。短短五年間，長期工作的出版社無預警倒閉，隨即母親發現罹患癌症，不到一年就離開了我們，法國好友菲力普先生也在逝世多時後才輾轉得知，一連串的巨變讓早已駕輕就熟的生活步調變了樣，更可悲的是，我那永無止境的好奇與好勝心也在這幾年被磨得蕩然無存。

懷著忐忑來到雷神父面前，情不自禁地擁抱這位壯碩大漢，用力感受著他仍擁有的生命活力，活著真好。我關切神父已被控制住的病情，絕對不敢碰觸「死亡」的字眼，反倒是神父安慰我：「我一點也不怕死，完全接受天主的安排。」

短暫的一星期裡，從母親的故去聊到內心深處的種種，也談到了靈修的窒礙，我幾乎感到我的信仰生活已不再成長。但我終究沒有勇氣對雷神父說：「萬一你終於要離開人世，你可不要忘了我，請在天國為我祈禱，等待我們的重逢。」

雷神父問我接下來的行程。我說想到奧地利山區探望另一位神父的家人，視我如己出的神父爸媽在這幾年間相繼過世，我想去那看看。我請教神父：「在日耳曼地區，是不是只有親生父母在孩子出遠門時，才會在他們額頭上畫十字聖號？」

「一點也沒錯！」得知我每回臨別前都享有這特權時，雷神父開心地說：「你是該『回家』看看。」

臨行前的深夜，神父在外地出差未返，而我幾乎放棄等待，準備第二天獨自離去。就在床上半夢半醒之間，聽到了熟悉的敲門聲，驚跳地連外衣也來不及穿，打開房門，看見高大的神父快速地走了進來，連聲抱歉地說：「我真難過把你丟在修院，自己去開會。」欣喜若狂的我跪在地上，緊緊擁抱著坐在床上的神父。

「坐著說話，別跪在地上。」神父一把把我抓了起來，熱切地告訴我，明天一早會親自送我到車站。我堅持不許。

「在這，我是老闆！你得聽我的！」我多麼享受這位神長以愛為後盾的命令，因此不再推辭。

隔天早晨，在餐桌前，神父給了我一個貴重無比的紀念品，「拿著吧！別再推辭，我要你擁有它。」這是修會會祖二〇〇二年被羅馬教皇封聖時，修會特別訂製兩百個大銅幣送給全球重要的相關人士，雷神父把他那份給了我。

我從沒有安慰神父身體會康復，或對他說任何捨不得他的話。那天早餐就像一齣例行上演的戲，我們喝咖啡、吃果醬麵包，客套地聊當天的天氣和行程。有些話，我想留待到伯恩車站的途中再講。沒想到修道院與車站間不過二十分鐘車程，我仍是無法啟齒！

一直到下車，從車上拿下行李離開時，在清晨的薄霧中，我突然變得激動起來，轉身跑回神父的車前，慌張地望著駕駛座上的他。雷神父像是個威嚴的日耳曼父親，將我一把抓過去，還來不及說任何話之前，他猛然伸出了厚實的手掌，在我額頭上狠狠畫下十字。

那是我最後一次看見他。

自德國回來後，我一路聽說神父的病情由原先的穩定急遽下降，最後他放棄醫院裡較舒適的安寧病房，回到了修院，希望能死在修院兄弟的周圍。陸陸續續，我輾轉得知神父越來越脆弱，終於鼓足勇氣，送出了訣別信，把不敢在修院對神父說的話，以e-mail寄了出去。幾天後，我得到

病中的雷神父

雷神父對我說：「新生兒出生時要費盡力氣，直到哭出聲來才能呼吸到人間第一口氣。」看來死亡的過程一樣費力！諷刺的是，往往最後一口氣吐出時，軀體已被疾病折磨殆盡。與雷神父分別五個月後，同在聖奧古斯丁修院服務的萬神父捎來雷神父的近況：「雷神父剛從醫院回來，他的情況很糟，衰弱得不得了，也許還能撐幾天？幾個星期？天知道？他仍會看e-mail，給他去個信吧。」除了萬神父，在伯恩的耿神父經常去探望雷神父，他說：「小五哥！雷神父讓人好心疼！他臉好白，像是快熄滅的蠟燭。」

我們都不知道如何面對死亡。健康的人尤其害怕面對生命活力在消逝的人，那虛無的空白讓人不知如何是好？我與一位法國神父分享母親臨終前的種種，每回護士進來給母親打針、插管時，我都會閉上雙眼，蹲在病房外。我不明白自己怎麼會這樣？在母親最無助時卻懦弱地躲得遠遠的。「也許我們都只容許人只有一種樣子，習慣了那個人的自主，卻從不知臨終者依然是同一個人，一樣的真實。」神父稍作解釋。收到萬神父的信後，我終於送出了訣別信。「我怎麼可能把你忘了？相信你也一樣吧！」這是雷神父給我的最後回答。（萬廉神父提供）

了他的回音。

「我怎麼可能把你忘了，相信你也一樣吧！」這是雷神父對我所作的最後承諾。

從那天起我再也沒有神父的音訊，直到傳來他逝世的消息。這事遲早會發生，但我內心深處仍有那麼一個難堪、足以撼動我身心靈的迷思。身為天主教徒，我覺得死亡一點也不美麗，更看不出天國的安慰在哪裡？所有對天國的期許完全是來自對那人深刻的感情。

基督提倡「信、望、愛」三德，其中最大的就是愛德。我是不是該這麼詮釋？因為有愛，所以人才能有希望，最終又將希望化成深信不疑的信念而終獲永生。

回顧雷神父的種種，突然覺得他是基督的化身。他一生以基督為榜樣，不止一次冒著受傷害的危險與人親近，為服務別人而將自己燃燒至最後一分鐘；最殘酷的是，生命結束前，神父一直神智清醒地知覺到身體的疼痛與生命的流逝，他甚至為此無助地在眾人面前大哭。就像基督為罪人上十字架般，雷神父以相同的方式，以自己生命為祭獻，為我鋪了條通往永生的路，我怎能不期盼他的復活？怎能相信天主如此狠心地不賜給他最豐厚的賞報？

然而這一切，在我有生之年，都不會有答案。但我豈能因為找不到更好的解釋，就對一位曾如此存在的朋友，強裝漠然地掩飾感覺？

在僅有的生命歲月裡，我都會想念這位與我相處不算長久的朋友，就像是與他共處過的人們相同的感覺：能認識這樣一位朋友，何其榮幸！

「一粒麥子若是不死，仍只是一粒麥子。」一這句話讀起來是如此平凡無奇，但當我咀嚼和雷神父有關的點點滴滴時，發現他在許多人的心靈深處，結出了豐厚的麥穗，讓所有認識他的朋友在朝天國之路前進時不斷地得到沃養，以及永不放棄追尋的勇氣，更重要的是，他讓我明白，信德、望德的基礎全來自「愛」，一種只講付出卻不求回報，一份飽受考驗、煎熬，脆弱得如河畔蘆葦、風中之燭的信念。

而今我凝視著由德國傳過來的雷神父遺容，看著那飽受疾病摧殘的凹陷雙頰和白袍裡依然厚實的雙手，我輕撫著電腦螢幕上的面容，我的神父明顯瘦了好多，原本就少的頭髮，這時更被化療折磨得依稀可數。

就像昔日十字架下的聖母和信徒們，此刻，我讓自己身、心、靈飽受情緒的震撼，再也不願控制。

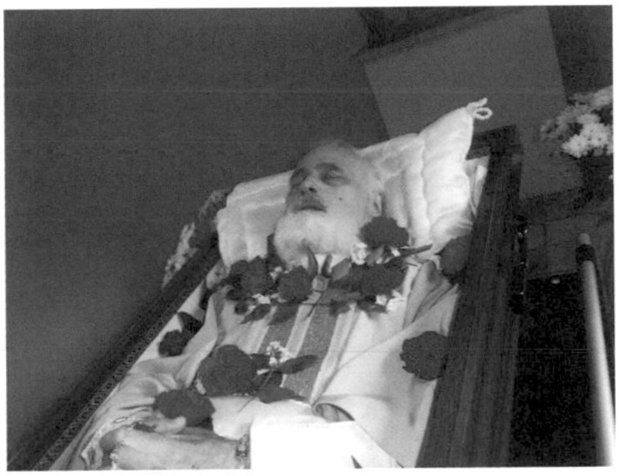

神父的遺容

為了減輕我無法參加雷神父葬禮的遺憾，當時在伯恩讀書的耿神父答應幫我在雷神父的葬禮上獻一束花，並把全程記錄下來傳輸給我。葬禮結束後幾個鐘頭，耿神父與我Skype及時通話，交談時，雷神父葬禮的照片透過網路傳了過來。科技真是驚人！然而這一切反而更加深我對死亡的荒謬感，那位你所愛的人，怎能就可以這樣無從聯繫？與耿神父通話完畢後，我在電腦螢幕前凝視著神父的遺容，努力去相信我們會在另一個國度重逢，但要接受在實在界裡無法再見的事實。
（耿占河神父提供）

在一處小島上有一座擁有千百個大鐘的廟宇，大大小小的鐘皆出自世界上最偉大的藝匠之手，據說當鐘聲齊鳴時，能讓聽到的人產生充盈至福的極樂。

這座擁有美麗鐘聲的島嶼卻沉沒海底，幾世紀以來一直有個傳說，如果人們願意細心聆聽，那美麗的鐘聲仍會自海底發出，召喚有緣人。

一位有心的年輕人為這傳說所吸引，他千里迢迢地來到海邊，希望能聽到人們傳說的鐘聲。但無論他如何努力，唯一聽到的聲響仍是那壯闊的海濤聲。

氣餒挫折時，年輕人總會來到鄰近的村莊，聆聽長老的教導，那被神話的傳說總能激起年輕人的勇氣與熱情，但他更大的付出只為他帶來更深的挫折。

有天他終於放棄了追求，他想也許他沒有福分聽到這美麗鐘聲，或者那傳說根本就不是真的。那是他在海邊的最後一天，他來到海邊向大海告別，向美麗的天空與和風告別，躺在海灘上，他第一次傾聽海的聲音。

那聲音淹沒了他，第一次這年輕人聽到了由海浪聲傳來的深沉寧靜。

在深沉的寧靜裡，他終於聽到了那細微的鐘響，最後，那依序鳴放的鐘聲成為和諧的、難以描繪的天籟，他的心終於被喜樂充滿，體會到那充盈至福的極樂。

——佚名

後記

未料到我真能把此書寫完，我不止一次想：此書從無到有，帶給我的意義是什麼？我又透過書寫此書得到什麼新啟示？

先不談心靈上的成長，二〇〇七年底，我為五十肩的毛病痛苦不堪，原以為是落枕或在電腦桌前坐太久，直到左臂逐漸抬不起來，劇痛得無法忍受，我打電話給台灣的醫生朋友。聽完我的症狀描述，比我年長一歲的老兄淡然地說：「沒什麼，死不了人的五十肩啦！」

聽到這個解釋，我在電話裡尖叫出來：「我還不滿五十歲耶！」尤其難堪的是，多年前我還嘲笑有這毛病的朋友，每回看到他們那種活不了的萎靡模樣，只讓我覺得無聊。我不甘心地追著朋友問：「我像平常一樣的作息，並沒有傷害我的身體，為什麼會得到這毛病？身為醫生的你好歹給我一個說法吧？」

「還要什麼說法？」朋友不以為然地回答：「這是老化的現象啦，喂！Nicholas，我們會變老，現在只是開始啦！你可要準備囉，將來毛病會更多喔！」

我繼續追問：「有沒有特效藥可治療這毛病？」

「特效藥？痛的時候吃吃止痛藥就好。」

掛上電話，我坐在電腦桌前，腦袋一片空白。從前在賣場裡看到特大瓶的止痛藥，我都懷疑究竟什麼人需要這玩意？美國許多肥皂劇裡的主角在晚上突然醒來，一定服用放在床邊伸手可及的止痛藥。每看到此我都會驚呼：「太誇張了！將來我可不想這樣活著。」而今醫生給我的處方竟是止痛藥，且要我別跟自己過不去，痛的時候就得吃。我從不迷戀青春，卻在未準備步入中老年時就開始與藥物為伴，這真讓我覺得恐怖。

二十多年前，從不知什麼是老，從不在乎死亡，我追隨一群修道人，問他們生命的意義，當年他們有的正是我此刻的年紀；而這幾年，我看到他們衰老的速度，甚至離世。生命的答案究竟是什麼？我重新詢問我的天主，可笑的是，我並不想得到任何學理的啟示，只求祂幫我止痛就好。若這疼痛再持續一段時間，我一定會罹患要命的憂鬱症。當這疼痛如此迫切而具體時，我想起書寫此書最初的動機與靈感。那是來自靜山修院的墓園。

彰化靜山修院裡有處埋葬耶穌會士的墓園，這是我到靜山最喜歡默想的地方，也是拍攝傳教士專題的靈感發源地。

靜山墓園裡的墳墓都立於地表，每隔幾年，安息於此的會士墳墓會依序再被打開，好騰出空間供後人再使用，而撿出的遺骨將重新安置在墓園中央較不占空間的靈骨塔裡。

靜悄悄的墓園，直讓人覺得人生如夢，時間在這兒化成了永恆的寂靜。

如果你有機會來到這兒，會發現：這兒除了有本國人，還有來自美國、加拿大、瑞士、西班牙、奧地利、匈牙利、法國和南美洲籍的耶穌會士。這一處葬有近百人的墓園，儼然是座迷你的地下聯合國。

長眠於此的會士，無論生前為人所熟知或沒沒無聞？受人喜愛或不討人喜歡？在這綠意成蔭的幽靜一角，他們終不再發一言，為他們畢生獻身的召喚與信仰，做出了撼人的見證。

在人的社會裡出生、成長，絕大多數人自然按照前人的足跡前進，更不自覺地以他人的成就與想法來為自己的人生與信仰找答案。雖然我與幾位神職人員有深刻的交會，卻仍無從知曉他們在這條曲折而孤獨的路上，為自己找著了什麼？他們懷抱著相同的信念，離開了自己的親人、家鄉，千里迢迢地飄洋過海，到另一個陌生的國度。不論功過是非，地球上的大陸與大陸、人與人的距離，因為他們而縮短。整體人類的歷史比夜空裡任何一顆瞬間劃過的流星更短暫，這些修道人為有限的肉身，帶來對另一個永恆世界的嚮往。這向來無法說明的企盼，又藉著他們遵從的貞節、服從、神貧誓願以及全心獻身，得以具象起來。人生沒有答案，但他們的態度，卻為同樣在追尋的人，提供了很多靈感以及不輕言放棄的堅持。

本書進入編輯階段時，我誠懇地邀請編輯群前來台東白冷會，體會我筆下的人與事。當幾位美麗的小姐來到小馬天主堂，看到白冷會士的墳塋時，突然眼角泛出淚光。我問總編輯為什麼感動？她哽咽地回答：「是這幾位修道人的偉大情操。」

為消除尷尬，我大笑地對她說：「這真是一個了無新意的感觸。」

當媒體為取悅普羅大眾而無所不用其極，我們看到了一群群被人消費又消費別人的人，甚至連死亡都具有娛樂效果，整個人生猶如一場粗鄙又廉價的荒謬劇。我不免感慨，總編輯的這句老生常談豈不是讓人生而有目標、有希望、又有滋味，繼續生活下去的根本信念？

按著墳頭的十字架，我激動地對這幾位長眠於此的外邦人說：謝謝你，謝謝你讓我認識你，你給我的生命帶來了豐富的靈感，為我的信仰勾勒出豐富而美麗的藍圖，我不再追問你死後的生命和生命的意義？因為你以僅有的肉身為我標出了通往至福的心靈地圖。那帶著血淚又或許愚昧的生命軌跡，不再需要任何言語與文字的解釋了。

回頭談談我的五十肩吧。

返台後，好友為我的疼痛消逝感到訝異（身為外科醫生的他也有這毛病，而且持續痛著）。

「你怎麼好這麼快？」好友吃味地問。

「祈禱啊！」我不加思索地回答。

「祈禱？」他陷入了沉默。

神父朋友也問我天主如何俯聽讓我疼痛減輕的祈禱？他認為我一定勤望彌撒、勤唸《玫瑰經》。「這又不是在做法！」我不以為然地回答。「那你怎麼祈禱的？」神父開始發揮他的職業關心。「勒索祂！」我對老擔心我犯錯的神父說，「我跟天主說我是個小信德的人！主啊！祢幫我忙，我快受不了了，若再不讓這疼痛減輕，我會動搖對你的信仰。」

「你喔！」神父怪異的表情，讓我想起施予仁神父當年對我的反應：「我怎麼才能教你謙遜與服從的道理啊？」

感謝讚美最美麗偉大的天主！

靜山墓園

靜山修院的墓園裡有上百位耶穌會士長眠與此，他們在實在界的生命在此劃上了休止符。但對於有緣來此的人，卻發現他們的精神永不止息。這安靜的墓園是可以讓人聽到那鐘聲的地方。

編輯後記

蔣豐雯

能夠在二〇〇八盛夏出版這本書，實在因緣殊勝。說來，可能作者都已經不復記憶，其實我們初識時，他便曾提及「傳教士的攝影專題」這件特殊的作品，那是SARS凌虐的〇三年初夏。當時，小五（朋友都這麼喚他）顯然還有許多思緒尚待盤整，不過就從那時起，我們陸續展開了一系列的出版計畫。

從出版《走進一座大教堂》以來，我一直清楚地知道天主教信仰對小五有深刻的意義，而所有對他這部分的認識，卻也僅止於此。透過電子郵件及某些深夜裡的越洋電話，我不斷接續了解他一段段的生活經歷及感受。近身參與了這些年的人事驟變，促使我提及多年前那個未完成的出版想法。

年初相約出版此書，卻在編輯過程中發現定位困難，在這個需要充分解釋購書理由的年代，無論對書店、讀者或是媒體，都欣喜接受辛香料重的調味，快速攀援一些表層的振動，才能增加在書店曝光的機會。為了不糟蹋這本意義非凡的好書，我們調整了數次結構，期待能讓讀者輕鬆順著文章潛藏的邏輯，一步步走進這座花木繁茂的伊甸園，並從中發現一些文字背後的寶藏。

【卷一】海岸山脈的瑞士人，客觀陳述這些凋零殆盡卻無世代可以交替的修道人，他們走過的足跡及帶給台東居民豐滿無私的愛；【卷二】翼下之風，收錄身為藝術家的作者，其靈修過程中跌跌撞撞的自我對話，及與一位位外籍神父深刻交往的故事。細心的讀者將會發現，在〈一次神聖的經驗〉中，作者年輕時桀驁不馴的藝術創作，和稍後〈我的傳教士攝影專題〉呈現出內斂的影像力度，其間落差正是因為有〈靜山的夜〉和〈一次神聖的經驗〉中的那段歷程。

只要不是合作關係，小五是一個非常真實熱情的朋友，在出版環境惡化的今天，常會發表一些讓人吐吐惡氣的言論；不過，輪到這本書上線，他卻陷入不可自拔的情緒波動中，因為挖得極深，變得相當敏感。他的藝術才情很高，除了能拍、能寫、能畫，還能歌會舞善表演，一旦說起刻薄話來，卻半句也不會饒人。

從我的角度來看，小五是熱力四射、從不斷電的，遇到有違期待的事，因為自恃高，向來不隱忍情緒，憑他自信和張放的程度，往往要心臟夠強的編輯才能勉強因應。不過，這回他的脾性卻在出版此書的過程中奇蹟地得到收束。

首次見到他在面臨拂逆時，不慍不火展現平和應對的彈性。我不禁想，或許是經過這段時間書寫的洗滌，一脈脈的靈光帶來純淨的白色能量。這個時候，我真想告訴素未謀面的施予仁神父：「親愛的施神父，你的Nick終於明白謙遜和服從的道理。」

耶穌會士黃德寬神父之墓
1954 1999
P. Joseph Huang, S.J.
耶穌會士滿思謙神父之墓
1915 2000
P.Guerrino Marsecano,S.J.
耶穌會士陸若伯神父之墓
1912 1994
P. Robert Salle S.J.
耶穌會士蘇雲望神父之墓
1902 1994
P. Stanislas de Geloes S.J.
耶穌會士顧維廉神父之墓
1911 1997
P. Francois Le Gnuvello S.J.
耶穌會士李明德神父之墓
1901 1980
P. Antonio Sacchettini S.J.
耶穌會士劉汝翰神父之墓
1914 1981
P. Jean Riou S.J.
耶穌會士盧 綺神父之墓
1920 1982
P. Osvaldo Castellucci S.J.
晁金明修士之墓
1908 1996
耶穌會士廖迓邇神父之墓

靜山墓碑

有上百位耶穌會的修道人在此長眠的靜山墓園，再過幾年，老一代的修道人將凋零殆盡。那一座座僅記載著會士出生、入會、發末願、死亡日期的骨灰盒，簡單交代了這群修道人的一生，而曾有緣與他們相識的人卻怎麼也忘不了他們，就像那神祕的鐘聲，他們仍在有心人的心靈深處，敲出清脆而愉悅的聲響。

國家圖書館出版品預行編目資料
海岸山脈的瑞士人/范毅舜(Nicholas Fan)著. -- 三版. -- 臺北市：積木文化出版：英屬蓋曼群島商家庭傳媒股份有限公司城邦分公司發行, 2022.08 ISBN 978-986-459-417-7(平裝) 863.55 111008935

海岸山脈的瑞士人（暢銷經典版）

作　　者／范毅舜
特約編輯／吳佩霜

發 行 人／涂玉雲
總 編 輯／王秀婷
主　　編／洪淑暖
版　　權／徐昉驊
行銷業務／黃明雪
出　　版／積木文化
台北市104中正區民生東路二段141號5樓
電話：(02)25007696　傳真：(02)25001953
官方部落格：http:// www.cubepress.com.tw
讀者服務信箱：service_cube@hmg.com.tw
發　　行／英屬蓋曼群島商家庭傳媒股份有限公司城邦分公司
台北市民生東路二段141號11樓
讀者服務專線：(02)25007718-9　24小時傳真專線：(02)25001990-1
服務時間：週一至週五上午09:30-12:00、下午13:30-17:00
郵撥：19863813　戶名：書虫股份有限公司
網站：城邦讀書花園　網址：http://www.cite.com.tw
香港發行所／城邦（香港）出版集團有限公司
香港灣仔駱克道193號東超商業中心1樓
電話：852-25086231　傳真：852-25789337
電子信箱：hkcite@biznetvigator.com
馬新發行所／城邦（馬新）出版集團
Cité (M) Sdn. Bhd
41, Jalan Radin Anum, Bandar Baru Sri Petaling,
57000 Kuala Lumpur, Malaysia.
電話：(603) 90578822　傳真：(603) 90576622
電子信箱：cite@cite.com.my

設　　計／楊啟巽工作室
製　　版／上晴彩色印刷製版有限公司
印　　刷／東海印刷股份事業有限公司

城邦讀書花園
www.cite.com.tw

【印刷版】
2008年9月1日 初版
2022年8月2日 三版一刷
定價／480元
ISBN 978-986-459-417-7
Printed in Taiwan.

【電子版】
2022年8月
EISBN 978-986-586-571-9 (版式EPUB)
EISBN 978-986-459-421-4 (流式EPUB)

www.cubepress.com.tw

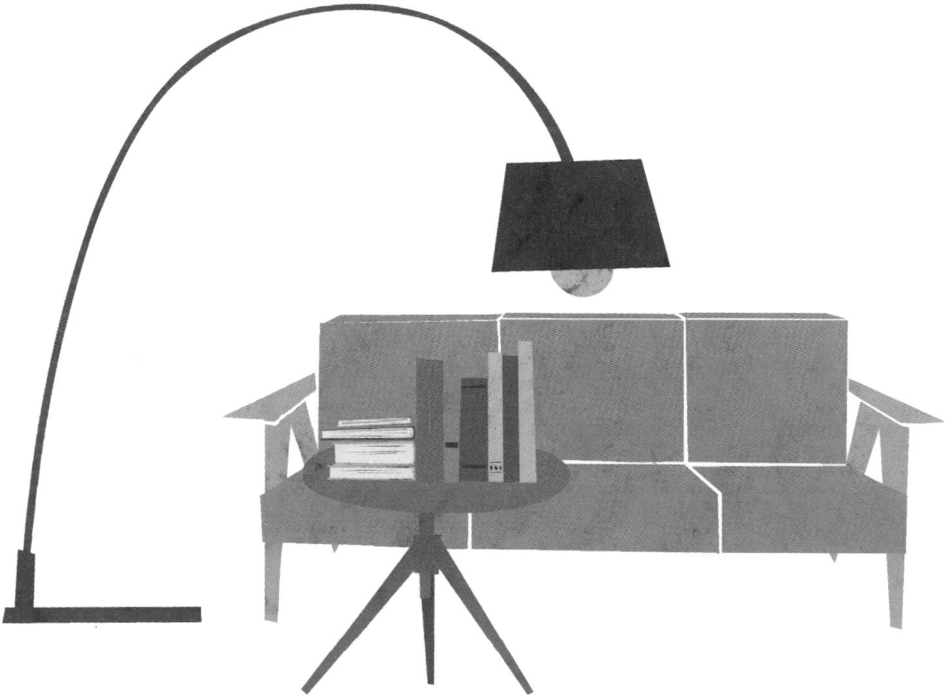